慕容戰神
모용전신

DECA MEDIA

모용전신 1

초판 1쇄 2025년 9월 15일

지은이 강세하 · **발행인** 김정수 · **고문** 이종주
발행처 데카미디어 · **출판등록** 2025년 4월 17일
주소 서울시 영등포구 당산로 214 · **E-mail** tradejjang0@gmail.com
유통 · 판매 관리 (주)행운사 · **Tel** (031)901-1137 · **FAX** (031)901-4140
E-mail luckybogo222@naver.com · luckybogo222@daum.net

ISBN 979-11-7513-016-6 (1권)
ISBN 979-11-7513-015-9 04810 (세트)

慕容戰神
모용전신
강세하 신무협 장편소설 1

차 례

차 례

序

빌어먹을 달과 별은

북방 기마족이 전란을 일으켜 토벌군이 투입된 지 삼 년하고도 백스물한 날이 지났다.

곧 겨울이다.

전쟁이 좀처럼 끝나지 않자 황제는 토벌군 총사령관 육수천(陸秀泉)에게 최후통첩을 전했다.

더 이상의 병력 증원은 없을 것이며, 올해 안에 전란을 잠재우지 못한다면 반역을 꾀한다 간주하고 육씨 일가를 숙청하겠다고.

황제가 군권을 진 장수를 두려워하여 병력이나 병참 지원을 끊는 건 역사를 되돌아보면 꽤 흔한 일이다.

그러나 대장군 육수천이 그럴 인물이 아니라는 건 대송국(大宋國) 사람이라면 저잣거리에서 뛰노는 아이들도 아는 사실이다.

올해로 일흔둘.

오십 년이 넘도록 황실에 충정을 바친 영웅에게 이런 모함이라니.

황제가 단단히 정신이 나간 게 아니고서야 이런 명령을 내렸을 리가 없는데…….

젊은 날 항우의 재래라 불렸던 백전노장은 충정을 바쳤던 황실에 배신당하고 주화입마(走火入魔)의 문턱을 오갔다.

나는 그가 이렇게 허무하게 무너지는 꼴을 볼 수 없어서, 찾지 말라는 명령을 어기고 다짜고짜 그의 막사로 쳐들어갔다.

"장군."

안에서 기척은 느껴지는데 아무런 대답도 돌아오지 않았다.

"장군."

"……."

제기랄, 모르겠다.

천막을 걷고 안으로 들어가자 가부좌를 튼 육수천이 핏발 선 눈으로 나를 노려보았다.

목덜미까지 핏줄이 울룩불룩 솟아올라 그의 숨통을 틀어막고 있었다.

나는 놀랄 틈도 없이 그에게 달려들어 등에 양손을 올리고 말했다.

"정신 바짝 차리십시오. 숨 쉬셔야 합니다."

육수천은 식은땀 흘리며 고개를 끄덕였다.

장심을 통해 그의 몸으로 내력을 흘려보내자, 커다란 구렁이처럼 날뛰는 탁기(濁氣)가 오히려 내 쪽으로 침투하려 했다.

자칫하면 나까지 주화입마에 빠질 수도 있는 상황.

나는 구렁이의 모가지를 비틀어 숨통을 끊은 뒤에, 사냥꾼이 된 심정으로 육수천의 혈도마다 똬리 튼 놈들을 하나하나 찾아 죽이기 시작했다.

시간이 얼마나 지났을까.

"커헉, 컥!"

육수천이 각혈하며 바닥으로 허물어졌을 땐 이미 해가 저물어 있었다.

"장군!"

"겸아, 겸아."

"잠시만 기다려 주십쇼. 의원을……."

내가 횡설수설하자 육수천이 소리쳤다.

"모용겸(慕容兼)! 이미 늦었다."

나도 알고 있었다.

차마 인정할 수 없었을 뿐.

"다시 말할 기운이 없다. 잘 들어라."

육수천의 눈두덩이 검게 물들어갔다.

"황실은 이미 나를 역도로 규정지었다. 이대로라면 너희들도 처벌을 피하지 못해. 적각기마대(赤脚騎馬隊) 전원이 역도로 몰려서 처형당할 것이다."

"각오하고 있습니다."

육수천이 고개를 저었다.

"내 너에게 가혹한 역할을 맡길 수밖에 없다. 용서해다오."

무슨 말씀을 하시려고.

"황실에, 내가 충정을 증명하기 위해 자결했다 알리고 내 시신을 바쳐라. 유일한 살길이다."

들어줄 수 없는 명령이었다.

나는 육수천의 직속 부관이 된 이래 처음으로 그에게 대들었다.

"불가합니다."

"겸아."

"말이 되는 소릴 하십시오. 절대로 안 됩니다."

"말 들어라, 겸아……."

"다른 명령이라면 무엇이든 듣겠습니다. 차라리 같이 죽자고 하십쇼. 아니면 기마족에게 투항해서 황제를 죽이겠습니다. 이럴 바엔 진짜 역도가 되는 겁니다. 그러면……."

"지금 황제가 몇 살인지는 아느냐, 이놈아."

"예?"

"열 살이다. 지금 황실의 실권자는 내시 놈이다. 황제의 잘못이 아니야."

순간 나는 머릿속에서 팽팽하게 당겨져 있던 활시위 같은 게 툭 끊어지는 것을 느꼈다.

정신 나간 황명이 이래서 내려온 거였나?

어쩌다 일이 이렇게 틀어졌을까.

"겸아, 내가 죽으면 다음 대주(隊主)는 너다."

"……."

"네 감정에 휘둘려 대원들을 모조리 죽일 셈이냐?"

"아닙니다."

"살아남아라. 살기만 하면 된다."

그것이 죽느니만 못한 치욕이라도 말입니까.

"장군, 그러면 한 가지만 알려주십시오."

"말해라."

"말씀하신 내시 놈, 이름이 무엇입니까."

내가 묻자 육수천이 어울리지 않게 울 것 같은 표정을 지었다.

"꼭 알아야겠느냐."

"예."

"알려주면 내 말을 듣겠느냐."

"……예."

육수천이 크게 한숨을 내쉬었다.

"조충헌(曹忠獻)이라 한다."

나는 그 이름을 뼈에 새기고 일어나 육수천에게 절을 올렸다.

머리를 땅에 댄 채로 말했다.

"장군, 그간 모실 수 있어서 영광이었습니다."

"나도 말년에 훌륭한 부관을 얻어서 즐거웠다. 네게 더 가르쳐 줄 것이 많은데 미안하구나."

"아닙니다. 어찌……."

고개를 드니 육수천이 품에서 옥 목걸이 하나를 꺼내 건네주었다. 특별한 장식 없이 가운데 구멍이 뚫린 동그란 목걸이였다.

"호북성 무한(武漢)에 육가장(陸家莊)이 있다. 전해다오."

"염려 마십시오."

"잘 지내거라."

나는 목이 메어서 제대로 대답하지 못하고 고개만 끄덕였다.

육수천이 나가라며 손짓했다.

머뭇거리다가 마지막으로 인사를 올리고 결국 밖으로 나왔다.

앞이 캄캄했다.

천막을 등지고 하늘을 올려다보니, 빌어먹을 달과 별은 언제나 그랬듯 무심하게 나를 내려다보고 있었다.

스릉-

등 뒤에서 검 뽑는 소리가 들렸다.

곧이어 깊이 숨을 들이마시는 소리.

잠시 망설이는 정적 그리고.

퍽-

서슬 퍼런 검 끝이 목을 꿰뚫는 소리.

나는 보지 않고도 그 모든 순간을 생생하게 그렸다.

쿵- 소리와 함께 천막이 들썩였다.

그때 하늘에서 별똥별 하나가 떨어진 것 같기도 하다.

1장
무신이 되어야만

때때로, 나를 둘러싼 모든 환경과 상황이, 나를 외길로 몰아가고 있다고 느낄 때가 있다.

군문에 처음 들 때가 그랬고.

지금이 그렇다.

나는 육수천의 시신을 마차에 싣고 하남성, 개봉부로 향했다.

황궁이 있는 곳이다.

원수의 아가리에 머리를 들이밀고 목숨을 구걸하러 가는 길이라 마음이 편치 않았다.

하루에도 수십 번씩 심마(心魔)가 불쑥불쑥 고개를 치켜

들어, 나는 명상을 하거나 먼 황야에 시선을 돌리고 지나온 전투를 생각했다.

그 지옥 같은 전장에서, 육 년을, 어찌 살아남았는데.

그간 먼저 떠나보낸 전우가 몇인가.

내가 베어 넘긴 적은 몇인가.

이따위 협잡질에 죽으려고 그렇게 힘겹게 살아왔나?

아니다, 아니야…….

한 달 정도를 그렇게 시달리며 달리니 황성 앞에 다다랐다.

두 겹의 성벽을 지나고, 높은 계단을 오르고, 육중한 궐문을 통과하자 황궁 대청이었다.

"폐하, 부디 육수천 장군의 충정을 의심치 마소서."

열 살 먹은 황제 앞에 머리를 처박고 나는 말했다.

태사의는 높은 단상 위에 있었다.

내 말이 제대로 들리기나 할까?

소금에 절인 육수천의 시신을 보고 겁먹은 황제는 아무 말도 못 하고 주변 눈치만 볼 뿐이었다.

어린 황제를 대신하여 늙은 환관이 말했다.

"고개를 들라."

나는 일어나 앉아서 환관의 얼굴을 똑똑히 바라보았다.

깊게 파인 팔자 주름, 얇은 입술에 좁은 턱, 수염이 나지 않았고 왼뺨엔 이빨 자국 같은 흉터가 있었다.

들쥐가 찍찍거리는 것 같은 목소리.

그러나 심계가 깊어 보이는 길게 찢어진 눈.

조충헌이었다.

나는 주변에 깔린 호위병들의 숫자와 무위를 가늠하고, 단상 위까지의 거리, 도달하는 데 걸릴 호흡과 걸음 수를 찰나에 계산했다.

지금 죽일 수 있을까?

손에 창 한 자루만 있다면 나는 투창으로 놈의 목을 정확히 꿰뚫을 자신이 있었다.

안타깝게도 맨손이었다.

조충헌이 말했다.

"모용겸이라 했나."

"예, 태감(太監)."

"젊구나. 나이가 몇이냐."

"올해로 스물둘입니다."

"육수천 장군이 훌륭한 부관을 두었구나."

내가 다시 고개를 숙이니 조충헌은 쥐새끼처럼 황제의 귓가에 다가가 무언가를 속삭였다.

그제야 황제가 입을 열었다.

"그간 육수천 장군의 공로가 작지 않다. 내가 공연한 의심을 하여 훌륭한 장수를 잃었구나. 죽음으로 그 충정을 증명했으니 더 이상의 죄는 묻지 않겠다."

도대체 어떻게 구워삶았길래 황제의 말이 내시 놈 혓바닥에 이렇게 뒤집힌단 말인가.

몸이 태사의 절반도 차지하지 못하고, 얹혀 있는 듯한 어린 황제는 마치 조충헌이 아끼는 인형처럼 보였다.

'염병할, 이럴 거면 애초에…….'

나는 이를 콱 물었다가 자칫하면 살기를 흘릴 것 같아 혀끝을 씹고 숨을 참았다.

얘기를 듣는 중에 주변으로 기감을 넓히니 벽 뒤나 천장에도 살수(殺手)가 대기하고 있었다.

"피곤하다. 나머지는 조 내관이 알아서 처리하도록."

황제는 시신을 계속 보고 있기가 편치 않은 모양이었다. 어린 황제가 자리에서 일어나자 대청에 모인 모든 이들이 허리를 숙였다.

나는 황제가 떠나기를 기다렸다가 다시 일어났다.

조충헌이 나를 빤히 바라보고 있었다.

늙은 쥐는 내 관상에서 뭘 읽어내려 하는 것일까.

쥐새끼가 중얼거렸다.

"모용, 모용, 모용이라……."

수염 없는 턱을 만지작거리고 놈이 말을 이어갔다.

"갈색 머리칼에 눈이 크고 콧대가 높다. 눈 색도 푸르스름하고……. 새외(塞外)의 피를 이었는데 그중에서도 모용씨라면, 선비족의 피로구나. 너는 모용휘(慕容輝)와 무슨 관계냐?"

아니나 다를까 조충헌은 내 출신을 걸고넘어졌다.

예상치 못한 바는 아니었다.

"제 먼 선조 되시는 분입니다."

"연나라 재건을 꿈꾸던 몽상가였지. 역모를 일으켰다가 가문이 숙청당했을 터인데."

"방계였던 제 고조부가 살아남아 요녕성에 자리를 잡았습니다."

조충헌이 비릿한 미소를 지었다.

"육수천 장군은 역적이 아니나, 여기 역적의 핏줄이 살아 있었구나. 혹시 네놈이 육 장군을 부추긴 건 아니냐?"

"태감, 저는 열여섯에 군문에 들어 지금까지 대송국의 무인으로 국경을 지켰습니다. 제 공로로 저희 집안도 잃어버린 명예를 되찾았으니, 말씀하신 역모와는 전혀 관계가 없습니다."

개새끼야, 라고 덧붙이고 싶었으나 참았다.

잃어버린 명예를 되찾았다고 함은, 과거를 치를 권리를 얻었다는 말이다.

역적 가문으로 치욕을 견뎌온 모용가는 관직에 진출할

권리를 박탈당하고 상단을 운영하며 강호에서 살아남았다.

그리고 육 년 전.

새외 세력이 크고 작은 군란을 일으키기 시작했을 무렵 집에 황명이 내려왔다.

역적의 후인 모용가에서는 아들 하나를 전장으로 보내어 과거의 죗값을 치르라고. 그리하면 공로에 따라, 잃어버린 권리를 되돌려 주겠다고.

그렇게 군문에 든 게 모용가의 셋째 아들, 나다.

피식 웃은 조충헌이 계속해서 나를 조롱했다.

"누가 내 허락 없이 그것을 허용했는지 모를 일이다. 다시 한번 검토해 봐야겠구나."

내가 앉은 채로 대답하지 않자 조충헌이 다른 환관에게 말했다.

"저 눈을 봐라. 누구 밑에 있을 놈이 아니다. 역적의 상이로고……."

어린 환관이 맞장구치며 낄낄거렸다.

'사내 노릇도 못 하는 것들이…….'

전장에서 거칠게 굴러먹은 성질머리가 뻗치려 했으나 나는 티 나지 않게 심호흡하며 화를 식혔다.

지금 허튼짓을 했다간 육수천의 죽음이 헛된 일이 된다.

적각기마대도, 육씨세가도, 모용가도 줄초상을 치르리라.

나는 다시 허리를 숙였다.

심마가 턱밑까지 솟아 올라왔다.

"태감, 이 자리에서 제 목을 베셔도 좋습니다. 다만 관계 없는 이들까지 피를 보게 하지는 말아주십시오."

아랫사람 짓밟기를 즐기는 성정이다.

쥐새끼가 어찌 저런 자리까지 올라갔을까.

말을 고른다고 골랐으나 내 속에 품은 칼을 다 숨기진 못했다. 하지만 내가 죽더라도, 다른 이들까지 죽일 명분은 없을 터.

"네 목숨은……."

여전히 웃음기 섞인 말투로 조충헌이 입을 열었는데.

"조 내관."

조충헌의 말을 자르고 노기 띤 음성이 대청을 뒤덮었다.

시종일관 입을 무겁게 닫고 있던 관리였다.

"황제 폐하께서 육 장군의 죄를 묻지 않겠다고 하셨는데 어찌 그대가 육 장군의 부관을 핍박하는가. 더 들어주기가 힘들군."

조충헌과는 상반되게 다부진 황소 같은 인상의 사내였다. 아무리 봐도 문관은 아닌데……. 그렇다면 대장군부나 추밀원 소속의 관리일 것이었다.

쯧-

작게 혀를 차는 소리가 들리더니 조충헌이 대번에 태도를 바꾸었다.

"부사, 젊은이의 기개가 드높아 내 장난을 좀 쳐봤소. 보시오. 내가 이렇게 말해도 눈 하나 깜빡하질 않는군. 육 장군이 뛰어난 후인을 키우고 갔어."

부사라는 말에 나는 황소 같은 사내의 정체를 알았다.

추밀부사(樞密副使) 강신주(康晨柱).

나라 군권의 절반을 쥐고 있는 사내였다.

"쓸데없는 소리 하지 말고 본론이나 얘기하시오."

강신주의 말에 조충헌의 표정이 눈에 띄게 일그러졌다.

이렇게 보니 둘의 관계는 동네 똥개가 와도 대번에 알 만했다.

나는 강신주의 얼굴도 똑똑히 기억했다.

내가 조충헌을 향한 칼을 품고 살아가는 한, 언젠가 다시 만나게 될 사람이라 확신했다.

조충헌이 구겨진 얼굴을 펴고 말했다.

"모용겸, 적각기마대의 대주 자리를 물려받았다고?"

"예, 태감."

"육 장군이 역적의 혐의를 벗었다곤 하나 그 직속 부대인 적각기마대를 이대로 둘 수는 없다. 자네는 장군 직위를 받기에 너무 어리고, 적각기마대는 다른 장수에겐 충성하지 않을 것이야. 어떻게 생각하느냐."

"육 장군이 수십 년 동안 이끌었던 부대니만큼 다른 분이 흡수하긴 어려운 면이 있습니다."

"그렇지. 그렇다고 그만한 부대를 내버려 두기엔 물자와 비용이 너무 많이 소모된다."

나는 그제야 조충헌의 의도를 알아챘다.

"돌아가는 대로 적각기마대를 해산하도록. 나머지 병력은 다른 장군이 인수인계하고 토벌군 총사령관직을 맡게 하겠다."

결국은 황실 입장에서 부담스러운 전력을 흩어지게 하고 전대 황제를 모셨던 육씨세가를 견제하려는 것이었다.

애초에 토벌군 총사령관으로 늙은 육수천을 앉혔을 때부터 그리던 그림이리라.

"명, 받들겠나이다."

전말을 알고서도 나는 아무것도 할 수 없었다.

대신들과 젊은 대주가 퇴청하고.

"태감."

낄낄거리던 환관이 조충헌에게 말했다.

"화근이 될 놈입니다."

조충헌의 반응은 시큰둥했다.

"알아서 처리해라. 내가 거기까지 신경 써야겠느냐?"

"신경 쓰이실 일 없게 하겠습니다."

환관이 말없이 손짓하자, 벽 너머와 천장에서 쥐새끼들이 움직이는 듯한 소리가 들렸다.

황궁을 나오는 길에, 나는 지나쳐 온 성벽을 유심히 올려다보았다. 까마득히 높아서 위에 있는 병사들이 잘 보이지도 않았다.

외길이다.

유사시에 외성을 뚫고 들어온 적병을 몰아넣고 죽일 수 있도록 설계된 벽.

먼 옛날, 기록도 남아 있지 않은 하나라였나, 상나라였나. 그때쯤부터 전해 내려오는 전설이 하나 있다.

당대에 무신(武神)이라 불렸던 사내가 이런 성벽을 훌쩍 뛰어넘어 주지육림(酒池肉林)을 일삼던 황제와 간신들을 모조리 도륙하고 유유히 걸어 나갔다는 이야기.

그 뒤로 관무불가침(官武不可侵)이라는 관습이 만들어지고 황실에서도 따로 무인을 양성하기 시작했다고 한다.

내 죄는 그런 무위를 갖지 못했다는 것이다.

복수를 이루려면 무신이 되어야만 한다.

그런 생각이 들자 정신이 아뜩해져서 순간 다리가 비틀거렸다.

그때 누군가가 옆에서 어깨를 잡아주었다.

"잘 참더구나."

강신주였다.

이렇게 가까이 다가오는 동안 기척조차 알아차리지 못했다고?

"나는 강신주라 한다. 육 장군과 오래 알고 지낸 사이다. 내 나이가 한참 어리긴 하나, 친우라면 친우였지."

나는 뭔가 이상하다는 걸 느끼고 주변으로 기감을 펼쳤다.

사방에서 불온한 살기가 느껴졌다.

그러자 갑자기 강신주가 전음을 보냈다.

-조충헌의 살수들이다. 모른 척해라. 내가 곁에 있는 한, 놈들은 움직일 수 없다.

그냥 보내줄 것처럼 얘기하더니 결국은 나를 암살하려 했나. 왜? 나를 죽이면 적각기마대를 더 쉽게 해체할 수 있어서?

만약 그렇게 생각했다면 조충헌이 단단히 잘못짚은 것이다.

적각기마대의 사내들은 머리를 잃었다고 순식간에 와해될 정도로 어설프게 훈련받지 않았다.

나는 마른침을 삼키고 자기소개를 했다.

"모용겸이라 합니다, 부사. 육 장군께 종종 얘기 들었습니다."

"뭐라고 하시더냐?"

"아주 성질머리가 더러우니 황궁에 갈 일이 있으면 웬만하면 피하라고……."

내 말에 강신주가 고개를 젖히고 호탕한 웃음을 터뜨렸다.

"으하하하, 노친네 자기 성격 더러운 줄은 모르고 참."

웃음소리에 내력이 실려 있어서 성벽을 타고 메아리가 울렸다. 가까이 숨어 있던 살수들은 내상을 입었을 터.

나는 호신기를 두르지 않았는데도 아무렇지 않았다. 내력을 도대체 어찌 운용했는지는 모를 일이다.

우리는 천천히 걸어서 내벽을 통과했다.

외벽까지는 거리가 조금 멀었다.

내 기감이 예민한 편이고, 강신주는 바로 옆에서 걷고 있는데도 나는 그의 무위를 가늠할 수 없었다.

사십 대 중반쯤으로 보이는 외모.

육수천의 전성기가 이랬을까 싶었다.

반면 강신주는 나를 훤히 들여다보고 있었다.

"어린 나이에 무위가 훌륭하구나."

"부족한 놈을 육 장군이 많이 가르쳐 주셨습니다."

"내가 알기로 너만 한 손자와 손녀가 있다. 그 아이들 생각이 났겠지."

입으론 이런 대화를 했으나 전음으로는 다른 내용이 오갔다.

-부사, 왜 저를 도와주십니까.

-내시 놈에게 나라의 녹을 먹던 무인을 잃을 수야 있나. 한동안은 살수가 따라다닐 테니 긴장을 늦추지 말아라.

-저희가 역적으로 토벌되지 않고 해체되는 선에서 끝난 것, 부사께서 손을 쓰신 겁니까?

-맞다.

강신주의 말로 미루어보아, 지금 황실은 조충헌을 필두로 한 환관 세력과 추밀원 간에 힘 싸움이 일어나고 있는 듯했다.

어느새 외벽이 가까워졌다.

내 속에 품은 칼을 강신주에게 내보여도 되는 것일까.

더 고민할 시간이 없었다.

-부사.

-말해라.

-조충헌을 어찌하실 생각이십니까.

강신주가 너털웃음을 터뜨렸다.

-당돌한 놈이로고.

내 의도를 알아차리고 그도 속내를 숨기지 않았다.

-죽여야지.

2장
적각기마대

웃던 표정과는 다르게, 죽이겠단 말을 꺼내는 강신주의 눈은 여느 무인처럼 차갑게 가라앉아 있었다.

-제가 돕게 해주십시오.

-네 실력으로는 어림도 없다. 살아 나가는 것에 감사해라.

나를 얕보고 있나.

분명 기도를 읽었을 텐데.

하기야 겉보기로 알 수 있는 건 내력의 대략적인 깊이와 자세, 걸음걸이로 드러나는 외공 수준이 전부이니 나를 다 알 수는 없을 터.

내 나이가 위치에 비해 어리기도 하고 말이다.

-부사, 육 장군이 제게 괜히 적각기마대 대주 자리를 물려준 것이 아닙니다. 실력을 증명해 보이라 하시면 이 자리에서라도 보여 드리겠습니다.

전장에서 나는 누구보다 어린 나이에, 누구보다 많은 싸움을 겪고, 언제나 나보다 강한 자들을 상대하며 살아남았다.

상대가 누구라도.

설사 드넓은 강호에서 손꼽는 강자라 하더라도 나는 최소한 동귀어진(同歸於盡)을 할 자신감이 있다.

-정치에 개입하는 건 일신의 무위만으로 가능한 일이 아니다. 지금도 봐라. 무공을 전혀 모르는 내시 놈 상대로 도망쳐야 하지 않느냐.

-제가 부사의 창이 되겠습니다.

-설사 네가 나를 돕는다 해도 지금은 아니다. 당장 네가 살려야 할 병사가 오천이다. 계획은 있느냐?

-일단은 뿔뿔이 흩어져야겠지요. 강호로 녹아들 생각입니다.

-관무불가침이 건재하다곤 하나 어디까지나 양지(陽地)의 이야기다. 눈이 닿지 않는 그림자 속에선 언제나 암투가 일어나고 있지. 살수들의 눈을 피해 숨을 수 있겠느냐?

-살수 따위에 당할 놈들이 아닙니다.

-강호를 모르는구나.

뭐라 반박하려 했으나 강신주는 나를 애송이로 보고 있어서 답할 말이 궁색했다. 무슨 말을 해도 치기 어린 반항으로 들릴 터.

나는 자존심을 굽히고 말했다.

-부사.

-기분이 나빴다면 미안하다.

-아닙니다. 제가 어찌하면 되겠습니까? 활로를 열어주십시오.

자존심 따위, 조충헌의 앞에서 고개를 처박을 때 이미 다 버렸다.

그보다 내 어깨에 진 책임이 더 무겁다.

대답을 듣기 전에 우리는 외벽에 다다랐다.

밖으로 나가니 검은 가면을 쓴 무인 다섯이 대기하고 있었다.

강신주가 그들을 향해 말했다.

"외적을 막는 데 큰 공을 세운 공신이다. 안전하게 복귀할 수 있도록 끝까지 모셔라."

한 사람이 대표로 답했다.

"예, 부사."

온통 시커먼 옷에 두꺼운 피풍의(避風衣)까지 두르고 있어 기도는커녕 나이나 성별도 구분할 수 없는 자들이었다.

"내 직속 수하들이다. 네 주변에 숨어서 호위할 것이다. 정체를 밝히지 못하는 건 네가 이해해라."

강신주는 입으로 그렇게 말하며 전음을 따로 보냈다.

-내가 조금 더 기민하게 대처했다면 육수천 장군이 돌아가실 일은 없었을 것이다. 내 죄다. 용서해라.

"아닙니다. 감사합니다, 부사."

나는 다른 말을 붙이지 않고 솔직한 감상만을 전했다.

강신주가 이어서 전음을 보냈다.

-네가 살아남으려면 강호에서, 강호인으로 세력을 키워야 할 것이다. 일단은 살아남아서 내 귀에 네 별호가 닿게 해라. 그때 다시 생각해 보마.

강신주가 입을 열었다.

"고생길이 훤하구나."

나는 포권을 취하며 예를 갖추었다.

"반드시 다시 찾아뵙겠습니다."

강신주가 붙여준 가면 무인들의 도움으로 편안히 복귀했다.

종종 주변을 맴도는 낯선 기척을 느꼈으나 반나절 내외로 사라졌다.

호위가 있다는 걸 확인하고 물러났을 터.

나는 황궁에서 성질머리에 맞지도 않은 존대를 너무 많이 한 터라 혀가 근질근질해서 가면 무인들에게 말을 좀 걸어봤는데.

"사적인 대화가 허용되지 않았습니다. 죄송합니다."

씨알도 먹히지 않았다.

수하를 이렇게 기른 걸 보니 강신주도 역시 만만한 자는 아니었다.

해가 중천에 떴을 때 나는 황야에 도착했다.

후방의 군영 근처에 다다라 별다른 인사 없이 가면 무인들을 보낸 뒤에, 목책(木柵)으로 걸어갔다.

경계를 서던 병사가 나를 알아보고 외쳤다.

"모용겸 대주님! 오셨습니까!"

"어, 왔다. 내가 살아 돌아왔다."

적각기마대 소속은 아니었으나 눈에 익은 놈이었다.

이름이 뭔지는 기억이 안 나서 대충 뭉개고 안쪽으로 들어가자 여기저기서 나를 반겨주었다.

"모용겸 대주가 복귀했다!"

"대주님! 고생하셨습니다."

"야야, 비켜! 대주님 괜찮으시냐?"

"멀쩡하시다."

"얼마 만에 오신 거야, 두 달?"

"두 달 좀 더 됐지."

이래저래 시끄러웠다.

"이야, 이제 좀 숨통이 트이네."

나는 덤벼오는 징그러운 사내놈들 인사를 하나하나 받아주며 내 막사로 향했다.

"나머지는 훈련 중인가?"

아무나 잡아서 물어보니 그렇다는 답이 돌아왔다.

"나 좀 잘 테니까 훈련 끝나고 야율천(耶律川), 이곽(李郭) 내 막사로 오라 그래."

"예, 대주!"

"대주님 뭐 드시고 싶으신 거 있습니까? 저녁 식사 때 준비하겠습니다."

강행군으로 돌아온 터라 잠이 쏟아졌는데 밥 얘길 들으니 또 눈이 잠시 떠졌다.

"오늘은 소 잡으라 해라. 있는 대로 다 잡아. 오늘 저녁은 연회다. 술도 다 풀어."

어차피 이제 해체해야 할 부대다.

나는 병참을 최대한 거덜 내고 떠날 생각이었다.

물론 우리 말들도 남겨둘 생각이 없다. 싹 다 끌고 도망친다. 어차피 죽이려고 쫓아올 텐데 뭐가 걱정인가.

조충헌, 이 개자식.

기마대는 유지 비용이 많이 든다고?

진짜 많이 드는 게 뭔지 보여주마.

우리가 그동안 물자 아끼겠다고 허리띠를 얼마나 졸라맸는데…….

"예, 대주! 얘들아, 오늘 저녁에 연회란다! 준비해라!"

내 말을 들은 병사가 신이 나서 소리쳤다. 여기저기서

호응하는 환호성이 들렸다.

"하하하."

나는 절로 웃음이 나와서 혼자 실실거리다가 내 개인 막사로 들어갔다.

먼지가 뽀얗게 쌓여 있을 줄 알았는데 내가 떠날 때 그대로였다. 누가 했는지 모르겠지만 아주 청소를 잘하는 놈이 전담해서 관리한 모양.

이따 찾아서 칭찬을 좀 해줘야겠다고 생각했다.

오랜만에 내 침상에 몸을 누이니 진짜로 집에 돌아온 느낌이었다.

언제부터 전장이 내 집처럼 느껴진 것일까.

잘 모르겠다.

이제는 요녕성의 작은 장원이 가물가물해질 지경이다.

아버지, 어머니는 잘 계실까.

형님들은, 동생은 어쩌고 있을까.

기마족이 쳐들어온 후로는 서찰 한 장 보내지 못했다.

갑자기 찾아가면 놀라실 텐데…….

그런 생각을 하다가 나는 까무룩 잠들었다.

눈을 뜨니 밤이었다.

이미 밖에서는 고기를 굽고 있는지 기름 냄새가 나고 떠들썩한 말소리가 들렸다.

밤바람이 막사 안으로 불어 들어와 한기가 들었다. 새삼 우리 적각기마대의 사내들은 추위 따위 개의치 않는 자들이다.

눈을 비비며 밖으로 나가니 내 막사 바로 앞에 부관인 야율천과 이곽, 그리고 다섯 명의 천인장들이 모닥불 앞에 둘러앉아 고기를 뜯고 있었다.

"대주, 깨셨는가."

야율천이 고기를 흔들며 말했다.

"빨리 와, 먹어."

"어."

나는 그들 사이에 섞여 앉아 술잔을 비우고 고기를 먹었다. 돌아오는 길의 객잔에서 먹은 요리들보다 이런 투박한 고기가 더 입에 맞았다.

내심 감격스러워하며 말없이 먹다가 입가에 묻은 기름을 닦아내는데.

"대주, 황궁은 어떠셨습니까."

천인장 하나가 물었다.

"생각보다 별거 없었다. 으리으리할 줄 알았는데 소박해."

"저희는 앞으로 어찌 됩니까?"

"해산이다. 나중에 얘기하려 했더니 분위기 깨지게, 이 새끼.”

내가 뼛조각 던지는 시늉을 하자 말을 물은 천인장이 너스레를 떨었다.

“안 죽는 게 어딥니까. 해산이면 좋지. 집에 가는 거 아닙니까.”

딱!

이곽이 나 대신 놈의 뒤통수를 후려갈겼다.

“대주가 어떤 심정으로 거길 갔다 왔는데! 눈치가 없어 이 자식은.”

역시 내 선배님.

지금은 내 부관들이지만 야율천과 이곽은 나와 함께 육수천의 직속 부관이었던 자들이다.

그러니까 얼추 내 마음을 이해하고 가장 말이 잘 통하는 것도 이 사람들이다.

얻어맞은 눈치 없는 놈이 시무룩해져서 술을 홀짝거렸다.

“야야, 혼자 마시지 마라.”

나는 술잔을 들어 올리고 모두와 함께 술을 마셨다.

기마족에게 빼앗은 마유주였다.

잘 익어서 달달하니 맛있었다.

나는 먹고 마시는 동안엔 말을 아꼈는데 상당히 진지하고, 무거운 얘기가 될 게 뻔해서 기껏 펼친 연회 자리가 우울해질 것 같았기 때문이다.

막바지에 다들 취기가 오르면 얘기할 생각이었다.

나는 술잔을 들고 이 자리 저 자리를 돌아다니며 병사들과 이야기를 나누었다.

나도 말단부터 시작해서 대주까지 올라선 사람이다. 상관이 이렇게 싸돌아다니면 말단 병사들이 괴롭다는 걸 알았지만 어쩔 수 없었다.

이제 마지막이지 않나.

지금껏 육수천 장군과 나를 따라다니며 함께 싸워준 사내들의 얼굴을 기억해 두고 싶었다.

다행히도 병사들은 나를 살갑게 맞아주었다.

밤이 깊어졌을 때 우리는 장작을 한데 모아 거대한 불을 피웠다.

그 주변에 오천 명이 원형으로…….

그렇게 모이는 건 당연히 불가능했고 나는 백인장들과 십인 단위의 각 조장까지, 대략 오백 명을 모아두고 입을 열었다.

"아, 아. 들리나."

목청을 한껏 가다듬고 내공까지 실었다.

"맨 뒤, 들리나."

"들립니다!"

"우뤼……."

술기운에 살짝 혀가 꼬였다.

"크흠, 우리 적각기마대의 영웅들. 여기 머리에 피도 안 마른 대주가 있다. 나다. 황궁에 가서 추밀부사를 만나고, 쥐새끼 같은 환관의 대가리를 만나고 돌아왔다."

만취한 상태라 나도 내가 무슨 말을 하는지 잘 몰랐는데 여기저기서 또 환호성이 터졌다.

생각해 보니 이 새끼들도 다 만취다. 내가 뭔 소릴 했는지 알아듣긴 했을까. 의아한 와중에 나는 내 할 말을 했다.

"황명으로, 우리 적각기마대가 해산하게 되었다. 이것은 기쁜 소식인가, 안타까운 소식인가. 전장을 벗어나 집으로 가게 되었으니 기쁜 소식이고, 함께 전장을 누비던 전우들과 헤어져야 하니 또 한편으로 안타까운 소식이다."

시끄럽게 떠들던 놈들이 다들 입을 닫았다.

"내 솔직한 심정으로는 안타까운 마음이 더 크다. 전장에서 스러질 목숨이라 생각했는데 이렇게 협잡질로 흩어지게 되었구나. 황실에서 우리를 두려워하여 해산하고 나서도 너희들에게 살수를 보낼 수 있다. 두려운 놈 있나?"

한바탕 돌풍이 몰아쳐서 흙먼지가 일었다.

용기 있는 병사 하나가 소리쳤다.

"없습니다!"

그러자 그에 호응하여 그런 놈은 적각기마대 대원이 아니라느니, 불알을 떼야 한다느니 거친 욕지거리가 쏟아져 나왔다.

나는 기분이 좋아져서 또 웃었다.

"육 장군께서 우리를 그렇게 나약하게 훈련시키지 않았다. 다들 살아남아라. 백도(白道)에 녹아들어도 좋고, 흑도(黑道)에 뒤섞여도 좋다. 마도(魔道)에서 한번 뒹굴어봐도 좋겠지. 어딘들 이 전장보다 혹독하겠느냐. 그래도 너희와 함께할 수 있어서 나는 즐거웠다."

나는 술잔을 채우고 높이 든 다음에 모두에게 술을 권했다.

"언젠가 모용세가(慕容世家)의 이름으로 내가 너희들을 다시 불러 모을 것을 맹세하마. 내일모레 정오에 해산한다. 전파하고, 준비해라. 말이 길어졌다. 놀아라."

이틀 뒤 정오.

황야에 오천 명의 대원이 완전무장을 하고, 제각기 짐을 싼 채로 도열했다. 언덕 위에 올라서서 보면 이런 장관이 또 없다.

붉은 각반에 붉은 갑주, 붉은 투구.

기마병들의 다리에서 피가 마를 날이 없다고 하여 적각기마대다.

나도 완전무장을 하고, 창까지 든 뒤에 애마(愛馬) 적로

(赤露)에 올랐다.

"추도진(錐刀陳, 뾰족한 칼)이다. 전원으로 시작해서 일각(15분)마다 천인대, 백인대, 마지막으로 각 조로 나뉘어 흩어질 때까지 끝없이 달린다. 낙오는 허락하지 않겠다."

내가 명령하자 선두의 병사들이 깃발을 흔들고 북을 쳤다. 곧이어 황야에 정적이 들어서더니 군대만 일으킬 수 있는 묵직한 기파가 우리를 감쌌다.

나는 말 머리를 앞으로 돌리고 전방을 향해 창을 뻗었다.

"돌격하라!"

내 말을 따라 선배였던 부관 둘이 소리쳤다.

"돌격하라!"

그리고 같은 명령이 각 천인장, 백인장의 입에서 터지며 우리는 황야를 질주했다. 오천 마리 군마가 땅을 뒤흔들자 우리 뒤를 따라 흙먼지가 하늘을 가득 메웠다.

"산개."

첫 번째 산개 명령이 전해지고 오천 명의 군세가 다섯 갈래 천인대로 찢어졌다. 그리고 다시 열 갈래, 또다시 열 갈래로 모두가 흩어졌다.

반 시진(한 시간)이 지났을 때 내 뒤로 따라오는 건 부관 둘이 전부였다.

나는 그들의 이름을 불렀다.

"야율천, 이곽."

"예, 대주."

"말씀하십시오."

어색했다.

대주 자리를 얻고 전투가 없었기에.

"선배들."

등 뒤에서 웃음이 터져 나왔다.

"겸아."

"어휴, 개자식."

나도 웃으며 말했다.

"살아서 봅시다."

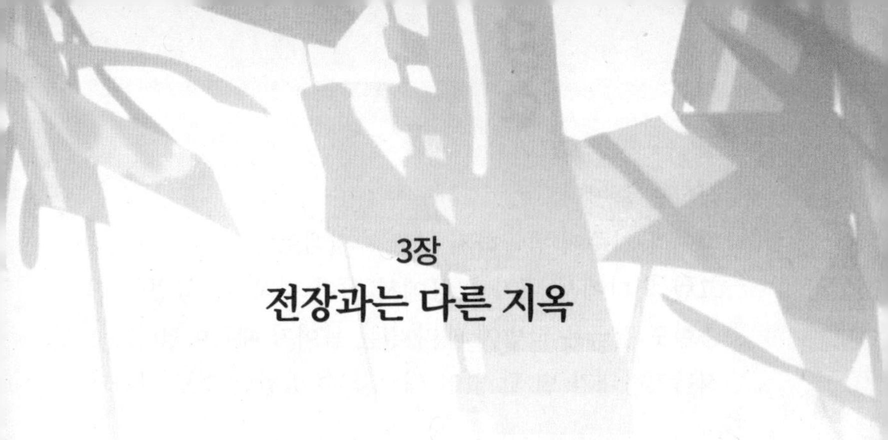

3장
전장과는 다른 지옥

황실과 강호 무림이 다른 점은 하나다.

황실은 국법을 지키는 사람들이고, 무림은 저들의 신념을 따르는 사람들이라는 것.

물론 무림인도 지나치게 선을 넘으면 국법에 따라 처벌받아야 마땅하지만, 대부분은 제각기 속한 조직의 법도 안에서 처리된다.

예컨대, 무림에 보기 드문 대마두(大魔頭)가 나타나면 관청보다 무림맹이 먼저 나서서 심판을 내리는 식이다.

거기엔 국법이 끼어들 여지가 없다.

무림인들의 법도는 대개 국법보다 잔혹하기 때문이다.

관청에서 심판하면 곤장 몇 대, 옥살이 몇 년으로 끝날 범죄자들이 무림인들의 손에 들어가면 손목이 잘리거나, 단전이 파괴되거나.

심하면 죽거나.

하여간 기준이 명확하지 않고 제멋대로다.

그런 의미에서 내가 황궁에서 살아 나올 수 있었던 건 조충헌도 결국은 국법에 매여 있는 몸이기 때문이었다.

적각기마대가 별 탈 없이 해산할 수 있었던 것도 마찬가지.

육수천이 자결로 역모의 죄를 벗은 이상, 조충헌과 놈의 세력이 우리를 공식적으로 파괴할 명분은 사라진 것이다.

강신주의 견제도 있어서 기껏해야 해산시키는 게 최선이었겠지.

그러니 이젠 외부의 힘을 빌려, 비공식적으로 우리를 처리하려 할 터였다.

하지만 그것도 황실에 적을 둔 몸으로는 굉장히 번거로운 일이다.

그래서 나는 적각기마대를 무사히 해산시킨 시점에 큰 산 하나를 넘었다고 생각했다.

"적로야."

동쪽 끝에 있는 내 고향, 요녕성 심양으로 향하는 길.

황야를 빠져나와 강변을 달리고 있으려니, 긴장이 조금 풀리고 잠이 쏟아졌다. 황궁에서 쉬지 않고 전선까지 달린 여파가 아직도 남아 있었다.

"나 좀 잘 테니까 무슨 일 있으면 깨워라. 멈추진 말고."

나는 적로의 등에 엎드려 눈을 감았다.

붉은 기운 감도는 털이 뺨에 닿자 금세 마음이 편안해졌다.

적로는 내 말을 알아듣고 속력을 조금 늦춘 뒤에, 최대한 제 몸이 흔들리지 않도록 발걸음을 조정했다.

비록 짐승이긴 하나 육 년을 나와 함께 전장에서 뒹군 녀석이다.

내게는 녀석의 숨소리가 자장가와 같다.

한 시진 정도 정신없이 잤다.

문득 꺼림칙한 낌새가 들어 몸을 일으키니 적로가 맹렬하게 산길을 달리고 있었다. 양쪽에서는 수풀을 헤치는 발소리가 들렸다.

대여섯 명쯤 되나?

아직 해는 지지 않았다.

나는 눈을 비비고 입가로 흘러내린 침을 닦은 뒤에 왼손으로 고삐를 쥐었다. 그러자 적로가 푸륵거리며 이제야 깼냐고 나를 질책했다.

"미안하다, 어우. 잘 잤네."

등에 매어두었던 창을 끌러 오른편으로 멀찍이 들고 반

경 다섯 장 넓이로 기감을 펼쳤다.
우측에 둘, 좌측에 둘, 후방엔 셋이 따라붙고 있었다.
적로와 같은 속력으로 달리고 있는 걸 보니 추격이 시작되고 오래 지나진 않은 모양이었다.
사람 경공이 아무리 빠르다고 한들 군마의 속력을 오래 맞출 순 없는 법이다.
강호 백 대 고수쯤 되면 모를까…….
그런 놈들은 아니어서 나는 잠시 여유를 부렸다.
내가 왼발로 배를 툭툭 건드리자 적로가 속력을 늦췄다.
"조충헌이 보냈나?"
말을 걸어봤는데 대답이 돌아오지 않았다.
사실은 암기가 날아올 거로 예상했다.
날리지 않은 건지, 날리지 못한 건지는 아직 모를 일.
전신에 내력을 일으켜 적로에게도 전달한 뒤에 말했다.
"오랜만에 공중제비 좀 돌아야겠다, 적로야."
말을 마치기 무섭게 고삐를 좌측으로 잡아당기자, 적로가 땅을 박차고 왼편으로 급격하게 방향을 틀었다.
수풀 사이에서 갑자기 튀어나온 말을 보고 놀란 살수가 단말마를 뱉었다.
"무슨……!"
찰나에 눈을 마주치고, 역수로 잡은 창을 놈의 목에 찔러 넣었다.

창끝이 목젖을 찢고 지나가고.

나는 그대로 창을 잡은 손을 바꿔 뒤따라오던 다른 살수도 베어냈다.

순식간에 살수들의 방진 한쪽을 장악한 상황.

너무 쉬워서 조금 당황스러웠다.

본격적인 전투에 들어가기 전, 정찰병들을 상대하고 있다는 생각이 들었다. 그렇다면 최선의 대처는 정찰병들을 돌려보내지 않는 것이다.

아니나 다를까 나머지 살수들은 두 명이 당하는 걸 확인하자마자 도주를 선택했다.

나는 후방에 따라오던 세 사람을 먼저 추격했다.

놈들이 더 빨랐기 때문이다.

차 한 잔 마실 시간에 따라잡아서, 한 놈은 적로가 밟아 죽이고, 두 놈은 내가 찔러 죽였다.

그러고 돌아보니 반대편으로 도망친 두 놈이 예상보다 멀리서 숨을 죽이고 있었다.

달려서는 도망칠 수 없을 것 같고, 싸우자니 질 게 뻔하고, 숨는 것밖에 방법이 없었을 것이다.

내가 이 산을 훤히 내려다보고 있다는 건 모르고.

천인장으로 발탁되기 전에 받은 훈련이 있다.

"집중해라 겸아."

"예, 장군."

"몇 명이 보이느냐."

병사들이 두 편으로 나뉘어 모의전을 벌이는 와중에 양측의 머릿수가 몇인지, 어떻게 움직이고 있는지 안대를 쓰고 알아맞히는 훈련이었다.

"흑(黑)에 오백, 백(白)에 일천입니다."

"흑이 취하고 있는 진형은?"

"……사선진(斜線陳)입니다."

"백은"

"귀갑진(龜甲陳)입니다."

"어디가 이기겠느냐."

"숫자는 백이 우위에 있으나, 귀갑진의 중심이 벌써 흔들리고 있으니 흑이 승리하겠습니다."

육수천이 내 안대를 벗기고 나는 언덕 아래 뒤엉키고 있는 병사들을 내려다보았다. 눈을 감고 기감으로만 느꼈던 그대로, 백의 방어 진형이 무너지고 있었다.

"잘했다."

언제나 엄격했던 육수천이 나를 처음 칭찬했던 날로 기억한다.

그러니까 내가 하고 싶은 말은, 전장에서 장수에게 가장 중요한 능력이 전황을 살필 줄 아는 눈이라는 것이다.

특히나 기마대를 이끄는 장수라면 자신이 선두로 돌격하여, 적장과 생사결을 벌이고 있는 와중에도 전세를 파악할 수 있어야 한다.

내가 선배들을 제치고 적각기마대 후임 대주로 발탁된 것은 내 기감이 누구보다 예민했기 때문이다.

만 단위의 병사들이 부딪치는 황야에서도 싸워봤는데…….

산에 숨은 쥐새끼 두 마리를 찾는 것은 일도 아니다.

나는 숨어 있는 살수들의 위치를 파악하고 일부러 길을 헤매는 척을 하다가, 적로에서 내려 느긋하게 주변으로 다가갔다.

추격을 포기하고 잠시 숨을 돌리는 양.

창도, 검도, 적로에 매어두고 허점이란 허점은 모두 드러낸 채로.

병신 연기를 했다.

'안 낚이나?'

생각한 것만큼 허접한 놈들은 아니었다.

그래서 나는 아예 갑옷을 벗어 던지고 바지춤을 끌러 수풀 한쪽에 오줌을 쌌다.

쉬이이-

내가 하면서도 조금은 수치스러워지는 순간.

이쯤 되면 낚여줘야 하는데…….

쉬익-

"……!"

이번엔 소변보는 소리가 아니었다.

소변을 털고 바지를 올리려는 순간 좌우 양쪽에서 동시에 비수가 날아왔다.

하나는 머리로, 하나는 허벅지로 날아와서 나는 바지춤을 붙잡은 그대로 허공으로 뛰어올라 공중제비를 돌았다.

뒤집힌 시야에 검을 뽑고 달려드는 살수 두 사람이 들어오고.

귀찮게 산길을 달리고, 묘기를 부리게 해서 열이 뻗친 적로가 그중 한 사람에게 달려드는 것도 보였다.

내게 검을 뻗던 살수는 호랑이처럼 목덜미를 노리는 적로를 보고 기함했다.

콰직!

적로의 이빨이 살수의 목뼈를 분질렀다.

나는 놀라서 소리도 지르지 못한 살수의 표정을 구경하며 왼발로 나머지 검을 쳐낸 뒤에, 땅에 내려섰다.

"……."

마지막 남은 살수는 얼이 빠져서 말에게 목덜미를 뜯긴 자기 동료의 시신을 바라보고 있었다.

적로는 살점을 질겅질겅 씹다가 맛이 없었는지 수풀에 다 연신 침을 뱉었다.

나는 녀석의 머리를 한 대 쥐어박았다.

"야 이놈아, 더럽게. 쯧."

죽일 놈들 다 죽였고 하나만 남았으니 이젠 제압해서 정보를 불게 하거나 포로로 부리거나 해야 했는데.

생각해 보니, 내 무학은 전장에서 무르익은 것이라 나는 사람을 살린 채로 제압하는 법을 잘 몰랐다.

죽여야겠다 마음먹고 이번엔 검을 뽑았다.

이놈을 죽여도 어차피 다른 놈들이 찾아올 것이다. 살려서 정보를 캐는 건 그때 다시 생각해 봐도 늦지 않다.

내가 오른손에 검을 쥐고 한 걸음을 내디디자 잠시 정신줄을 놓았던 살수는 화들짝 놀라며 검을 고쳐 쥐었다.

앞서 죽인 놈들이 너무 쉽게 죽은 터라, 나는 이놈들의 실력을 가늠해 볼 생각으로 느리게 일검을 내질렀다.

정직하고 가벼운 찌르기.

살수는 급히 몸을 빼며 일반적인 검보단 다소 짧은 살수의 검으로 내 찌르기를 정확하게 쳐냈다.

나는 오른편으로 튕겨 나간 검날을 회수하지 않은 채로 몸을 돌려 좌장을 내밀었다.

내 손바닥을 찌르거나 베려 하면, 나는 곧장 금나수(擒拿手)로 전환하여 놈의 손목을 쥐어뜯을 것이고, 장력으로 응수하면 그나마 살길이 있다.

'어쩔 것이냐…….'

한순간 망설인 듯했지만, 살수도 좌장을 내밀어 응수했다.

파악!

장력과 장력이 부딪치며 파공성이 일고 살수의 몸이 멀찍이 날아가다가 나무에 부딪혔다.

"카학! 카악, 우웩!"

나는 손에 남은 감각으로 놈의 내력을 짐작했다.

"그래도 우리 기마대 조장급은 되는구나."

내 검 끝을 정확히 쳐낸 것도 그렇고, 실력이 없는 놈은 아니었다. 말단 대원들이 상대하기엔 조금 버거울 듯했다.

얻어맞고 그제야 온전히 정신을 차린 걸까. 살수는 헛구역질하며 몸을 뒤틀다가 방아깨비처럼 몸을 튕겨서 수풀 사이에 몸을 숨겼다.

"나와라. 못 도망간다."

캉!

나는 뻔하게 날아온 비수를 튕기고 코앞까지 다가온 살수와 눈을 마주쳤다.

살기를 포기했는가.

텅 빈 눈이 나를 노려보고 있었다.

여전히 말은 없었다.

몇 차례 놈의 검을 튕기고 볼 건 다 봤다 싶어서 마무리를 준비하는데……. 갑자기 놈이 방어를 포기하고 몸을 들이밀었다.

나는 곧장 검을 손에서 놓고 우장을 놈의 명치에 꽂아 넣었다.

"이 미친놈이."

정신을 잃은 살수 놈이 바닥에 엎어져서 경련하고 있었다.

복면을 벗겨놓으니 의외로 멀쩡하게 생긴 놈이었다.

……멀쩡하게 생긴 걸 떠나.

어린놈이었다.

스물이나 되었을까.

강호의 살수들은 다들 혀가 뽑히거나, 아니면 흉측한 상처가 있거나, 정신이 이상하거나, 뭐 어디든 문제가 있어서 일상생활을 하지 못하는 놈들일 거라 짐작했는데.

평범한 마을에 사는 순박한 청년이라 해도 믿을 얼굴이었다.

눈만 빼고.

사람을 죽이는 데 익숙해진 눈은 절대 원래대로 되돌아가지 않는다.

전장에서 그런 놈들을 많이 보았다.

나도 그랬다.

"허억!"

녀석이 눈을 떴을 땐 해가 저물어 있었다.

나는 자리를 조금 옮겨 모닥불을 피우고 야영을 준비하던 중이었다.

적로가 눈을 뜬 살수 놈 코앞에다 얼굴을 들이밀고 으르렁거렸다.

말이 원래 으르렁거리던가?

모르겠다.

그런데 저놈은 종종 그런다.

살수는 벌떡 일어서다가 적로와 얼굴을 부딪치고 다시 까무러쳤다.

"지랄하지 말고 일어나라."

내가 말하자 살수 놈이 영문을 모르겠단 얼굴을 하고 부스스 몸을 일으켰다. 나는 놈에게 눈길을 주지 않고 나뭇가지로 모닥불을 쑤셨다.

"……."

여전히 사태 파악을 못 하는 살수였다.

"뭐, 말을 해라."

"내가 왜……."

"내가?"

"……제가."

"그래."

"저를 왜 살려두셨습니까?"

"죽고 싶어 하는 것 같아서 살려놨다."

"아……."

무엇이 북받쳤는지 살수 놈의 눈이 갑자기 시뻘겋게 충혈되었다.

나는 한숨을 쉬고 물었다.

"이름이 뭐냐."

살수 놈이 턱에 힘을 주었다가 대답을 잠시 망설였다.

"이름 뭐냐고."

"……그냥, 삼십칠 번이라 불렸습니다."

"이름이 없어?"

"예."

"나이는."

"올해로 열여덟인 걸로 압니다."

"압니다는 또 뭐야?"

"태어난 해를 몰라서……."

나는 순간 정신이 멍해져서 집요하게 물었다.

"고향도 모르나?"

"예."

"자란 곳은."

"혈화곡(血華谷)이라는 곳입니다."

"어디 있는데."

"모릅니다."

군문에 든 이래, 실로 오랜만에 접한 강호가 이 모양이다.

대원들에게 전장보다 혹독한 곳이 있겠냐고 자신 있게 떠들어댔는데 시작부터 내 발언을 철회해야 할 판이었다.

전장과는 다른 지옥에서 살아온 사내가 눈앞에 있었다.

4장

살수 삼십칠 번

전장이 인세의 지옥이라고들 흔히 얘기하는데 강호도 별다를 바는 없나 보다.

하지만 감히 전쟁터가 어떠한가, 내가 말해보자면 아주 지옥 같지만은 않다.

낮의 전투가 끝나면 우리는 지친 몸을 끌고 막사로 되돌아가 평범하게 밥을 먹고, 물을 마시고, 몸을 뉘었다.

소소한 대화에 가끔 끼는 술은 덤이다.

되돌아오지 못한 자들의 빈자리를 우리는 필사적으로 무시하고 괜찮은 척을 했다.

전쟁이 그렇지.

어쩔 수 없는 일이다.

자기 위안을 하면서 속으로만 떠난 자들을 위로하고 우리는 사람으로 남으려 했다.

누구도 진지한 이야기는 하지 않았다.

그런 얘길 하는 건 나 내일 죽겠소, 하는 것과 마찬가지다.

우리는 그것을 경험적으로 알고 있었다.

그래서 우리는 오랫동안 전우로, 같은 전장에서 뒹굴었으나 서로에 대해 아는 게 많지 않았다.

이름, 얼굴, 성격…….

그 정도면 알 건 다 알았다고 생각하는 게 우리 적각기마대의 사내들이다.

살수 삼십칠 번도 비슷한 삶을 살았으리라.

"죽은 동료들과는 친했나?"

내가 묻자 삼십칠 번이 고개를 저었다.

"오늘 처음 본 사이였습니다."

정정, 전쟁터에서 싸우느니만 못한 삶이었다.

"중간에 왜 포기했나. 그렇게 훈련받지 않았을 텐데."

"원해서 훈련받은 것도 아닙니다."

"……처음으로 살행(殺行)에 나선 건 언제냐."

"사 년 전입니다."

열네 살에 살인이라니.

'염병…….'

이놈을 어찌해야 할까.

인제 와서 죽이기엔 상황이 묘해졌고, 살려서 데리고 다니기엔 내 의도대로 부릴 수 없는 놈이라 판단했다.

이미 한 번 살기를 포기했던 놈이라 그렇다.

살수의 삶에 너무 깊이 몸을 담그기도 했고.

잠시 말을 멈추고 묵묵히 생각하다가 하늘을 올려다보니 달이 둥그렇게 떠올라 있었다.

시간이 흐른 걸 의식하니 이 와중에도 배가 고파왔다.

"삼십칠 번."

"예."

"먹을 것 있나?"

"없습니다."

"식량도 안 들고 다녀?"

"먹지 않고, 자지도 않고 칠일 밤낮을 버틸 수 있어야만 저희는 살행에 나설 수 있습니다."

"그러지 못하면."

"될 때까지 어딘지도 모를 동굴 속에서 훈련만 하다가 어느 날 죽지요."

"누구에게?"

"밖으로 하루빨리 나가고 싶어 하는 다른 이들에게 죽습니다."

"너도 그렇게 나왔겠구나."

"……맞습니다."

처음 군문에 들었을 때를 떠올렸다.

나는 언제부터 전장에 익숙해졌던가. 잘 기억이 안 난다.

엇비슷한 지옥을 견디며 살아온 우리는 생각보다 대화가 잘 통했다.

죽다 살아난 삼십칠 번은 무슨 생각인지 내가 묻는 말에 저항 없이 술술 답해주었고, 나는 궁금한 것들을 이것저것 물었다.

날 찾아온 너희는 조직 내에서 실력이 어느 정도 되느냐.

다른 대원들에게는 누가 찾아갔느냐.

내게 걸린 돈이 얼마냐…… 등등.

"통용 은자 오백 개?"

"예."

조충헌이가 돈을 많이도 풀었다.

"그 정도면 날 어느 수준으로 보고 있는 거지?"

"중소문파의 장문인 격은 됩니다."

"이야, 나쁘지 않네."

"모자란 것 같습니다."

"정확히 봤다."

말하는 중에 위장이 배고프다고 요동치는 게 느껴졌는데.

꼬르륵-

삼십칠 번의 배에서도 우렁찬 소리가 흘러나왔다.

멋쩍었는지 녀석이 뒤통수를 벅벅 긁었다.

"칠일 밤낮을 안 먹고 버티긴 해도, 배가 고프긴 한가보다."

"허기가 지는 것까진 어쩔 수 없지요. 버틸 뿐입니다."

"사냥은 할 줄 아나?"

"예."

"가서 아무거나 잡아 와라. 아까 달리면서 봤는데, 짐승들이 꽤 많이 사는 숲이야."

내가 별일 아니라는 듯이 말하자 삼십칠 번이 의아해하며 되물었다.

"……제가 도망치면 어쩌려고 그러십니까?"

"도망칠 수 있을 것 같아?"

"잡은 짐승에 독을 뿌릴 수도 있습니다."

"자신 있으면 뿌려라."

"아, 아닙니다."

무릎 꿇고 앉아 있던 녀석이 엉덩이를 들썩거렸다.

아직도 내 눈치를 보는 중이다.

"빨리 갔다 와. 화덕을 만들어놓고 기다리마."

"……예."

삼십칠 번이 떠난 사이 나는 기마대의 막내일 때 하던 대로 오랜만에 돌화덕을 만들었다. 모양이 맞는 돌들을 구(口) 자 모양으로 쌓아 올리기만 하면 돼서 어렵진 않다.

옛날엔 바위를 구하려고 이곳저곳을 쏘다녀야 했는데 이젠 그냥 커다란 바위를 하나 골라잡고 깔끔하게 베기만 하면 된다.

그러는 중에도 나는 삼십칠 번의 위치를 놓치지 않았다.

꽤 바쁘게 돌아다니다가 한 곳에 멈춘 걸 보니 사냥감을 찾은 모양이었다.

기다리던 적로가 하품하고 꾸벅꾸벅 졸기 시작할 무렵 삼십칠 번이 노루 뒷다리 하나를 들고 돌아왔다.

"독 썼나?"

"안 썼습니다."

"좋아."

화덕 위에 굵은 나뭇가지로 꿴 다리를 올리고 나는 불 조절에 집중했다.

화덕 아래 뚫어놓은 구멍으로 살살 장력을 뿜으며 화력을 조절하자 삼십칠 번은 넋을 놓고 내가 하는 짓을 구경했다.

이런 잡기술은 전장에선 필수다.

내 심법이 딱히 양기(陽氣)를 띠지는 않고, 내가 삼매진화(三昧眞火)를 일으킬 수 있는 경지도 아니지만, 일정 수준 이상이 되면 열기에 영향을 끼치는 건 어렵지 않은 일이다.

중간중간 삼십칠 번이 시선을 돌릴 때마다, 나는 은밀하게 소매에서 은침을 빼 노루 다리 이곳저곳을 찔렀다.

독은 없었다.

"먹자."

나는 살점을 커다랗게 하나 떼어 삼십칠 번에게 건네주었다.

녀석은 묵묵히 고기를 내려 보다가 한 입을 베어 물었다.

깨작깨작 처먹다가 내 눈치를 한 번 보고 게 눈 감추듯이 한 덩이를 순식간에 먹어치웠다.

불쌍한 새끼…….

불쌍한 놈이 더 불쌍한 놈을 보고 안쓰럽게 여기고 있으니 이보다 어처구니없는 상황이 드물다.

'자기 자신을 불쌍히 여기지 마라. 비참한 인생을 살게 될 것이다.'

갑자기 육수천이 했던 말이 떠올라 목이 막혀서 나는 가죽 주머니에서 물을 벌컥벌컥 들이켰다. 그런 다음 삼십칠 번을 보니 힐끗힐끗 내 눈치를 보고 있었다.

나는 물주머니를 녀석에게 던져주었다.

"독 없다."

"아, 예."

전투가 끝나고 시체 밭에서 물을 들이켜던 내 전우들처럼, 삼십칠 번이 시원하게 물을 마시고 크게 숨을 뱉었다.

"푸하."

"잘 먹네."

"워낙 잘 구우셔서 그렇습니다. 시장이 반찬이고요."

"아주 맛이 간 놈은 아니었구나."

"그러지 않으려고 노력했습니다."

"잘했다."

어쩌다 보니 술이 있어야 할 것 같은 분위기가 되었는데 어딜 돌아봐도 술이 솟아나는 샘물 따위는 없었다.

나는 나를 죽이려던 살수 놈과 도대체 뭘 하고 있는 것일까.

이게 강호인가.

전장에서도 서로를 원수처럼 죽이려 싸우던 장수들이 어느 날 회동하여 술잔을 기울이는 일이 가끔 있었다.

육수천은 그럴 때마다 얼큰하게 취해서 돌아오곤 했는데 상대 장수가 얼마나 호기로운 사내인지 취기에 한참을 떠들었었다.

그런 게 전장의 도리라면, 강호의 도리도 크게 다르진 않으리라.

나는 노루 뒷다리를 뜯으며 어떻게든 이 삼십칠 번이라는 놈은 살려봐야겠다고 마음을 고쳐먹었다.

우리는 고기를 깔끔하게 발라 먹은 뒤에 다시 떠들었다.

이번엔 내가 삼십칠 번에게 질문을 강요했다.

"아무거나 물어라. 너는 궁금한 게 없냐?"

내 속내를 짐작하고 있다면 삼십칠 번도 슬슬 편하게 입을 놀려야 했다.

녀석은 잠시 고민하다가 퍼질러 자고 있는 적로에게 시선을 돌리더니 물었다.

"저 말은 영물(靈物)입니까?"

이제야 좀 재밌는 주제가 나왔다.

사실 녀석이 묻지 않을까 예상했던 질문이기도 했다.

"평범한 군마(軍馬)다. 혈통이 좋다고는 하던데 아마 나랑 오래 붙어 있다 보니 영성(靈性)이 조금 생긴 모양이야."

"말이 그런 식으로 뛰는 걸 처음 봤습니다. 사람을 물어뜯는 것도 그렇고. 제가 그걸 보고 정신을 좀 놨었습니다."

"나도 저놈이 어떻게 저렇게 된 건진 잘 몰라. 내가 모시던 분이 말씀하신 이야기를 그대로 들려주마."

그러니까, 이것은 육수천이 내게 알려준 내용이다.

자연지기를 오랫동안 몸에 받아들여 영단(靈丹)을 품고, 이지(理智)를 얻은 생물을 영물이라 일컫는데.

사람의 내력에 영향받은 짐승도 조금이나마 지성이 생긴다는 것이었다.

적각기마대의 모든 군마는 그래서 어느 정도 영성을 지닌 놈들이었다.

우리는 신병이 오면 젊은 말 한 마리를 내어주고 함께 훈련을 시켜 일 년 이상이 지나야만 전선에 투입했었다.

그런 군마여야만 절벽과 같은 험지를 탈 수 있고, 오랜 행군과 전투를 견딜 수 있다.

"기마병들에게는 가족이나 다름없겠군요."

살수 삼십칠 번의 입에서 인간다운 말이 나왔다.

"그렇지."

"저도 군문에 들었으면 좋았을 것 같습니다."

"지나간 일은 어쩔 수 없다. 앞으로 어찌 살지가 중요하지."

내 말에 삼십칠 번이 실실 웃었는데 그 표정이 어쩐지 서글퍼 보였다.

이번엔 내가 물었다.

"혈화곡은 어떤 곳이었나."

녀석의 상처를 파헤치는 질문이었으나 어쩔 수 없었다. 나도 살고, 이놈도 살리려면 나는 혈화곡이라는 곳에 대해서 더 잘 알아야 했다.

삼십칠 번은 잠시 고민하더니 이렇게 답했다.

"아름다운 협곡입니다. 봄이 오면 온갖 꽃이 흐드러지게 피고, 여름에는 녹음이 햇빛을 가려주며, 가을엔 떨어진 낙엽의 빛깔이 아래에 흐르는 냇물에 우러나지요."

내게는 어린 시절 기억 속에 묻혀 있는 풍경이다.

"겨울엔."

"눈 덮인 풍경이 일품입니다. 나뭇가지에 쌓인 눈이 푹푹 떨어져서 가끔은 얻어맞고 드러누울 때도 있었지요."

미소 지으며 말하다가, 삼십칠 번이 표정을 굳혔다.

"그 밑바닥에서 저 같은 놈들이 매일 피를 뿌리며 살아남으려고 발악하고 있습니다."

나는 잠시 삼십칠 번의 눈을 가만 바라보았다. 눈가에 눈물이 고이고 있었다.

"미친놈들이 낙원 밑바닥에 지옥을 만들어놨구나."

"밤에 지옥을 견디고 아침이 오면 그런 풍경이 저를 반겨주니, 그것이 가장 견디기 어려웠습니다."

이야기를 듣고 있자니 절로 한숨이 나왔다.

혈화곡의 곡주(谷主)는 어떤 사람일까. 막상 만나면 평범한 인상일 것 같아 기분이 더러웠다.

"고생했다."

달리 해줄 수 있는 말이 없었다.

"장군만 하겠습니까."

"나는 장군이 아니다."

"대송국 최강이라 불리는 기마대의 대주가 어찌 장수가 아니겠습니까. 황실이 인정하든 말든, 저는 오늘 당신의 그릇을 확인했습니다."

"……."

"저 같은 놈은 평생 닿지 못하겠지요."

말투가 조금 이상해져서 나는 이놈이 미쳤나 싶어 고개를 돌리고 수풀이 우거진 어둠 속을 가만 바라보았다.

아무것도 느껴지지 않았다.

지원을 온 살수는 없었다.

삼십칠 번이 어조를 완전히 달리하며 말했다.

"모용겸 장군."

"말해라."

"근래에 먹었던 음식 중에 가장 맛있었소. 이렇게 평범하게 남과 대화하고, 식사를 함께하다니 나도 아직은 사람이었나 보오."

"어디에서 무엇을 하든 사람은 사람이지. 손에 피를 얼마나 묻혔든 그것은 사람의 업이다. 스스로 악귀라도 되었다고 생각했나?"

"내겐 그럴 실력이 없소. 악귀는 아니더라도 그 손가락쯤은 되었겠지."

"……멍청한 놈."

삼십칠 번은 말을 마치고 실성한 사람처럼 한참을 웃었다.

"흐하하하……."

그 소리에 적로가 푸륵거리며 잠을 깼다.

적로와 눈을 마주친 삼십칠 번이 히죽 웃더니 제 웃옷을 훌훌 벗어 던졌다.

녀석의 가슴팍에 흉측한 벌레 같은 게 종기처럼 불쑥 튀어 올라와 있었다.

"고독(蠱毒)이오. 복귀해서 약을 먹지 않으면 이틀 내에 이놈이 나를 죽이게 되어 있소. 그리고 내 몸엔 추종향(追從

香)이 심겨 있지."

나는 놀란 적로를 진정시키고 자리에서 일어나며 말했다.

"내가 지금 무슨 생각을 하고 있었는지 아나?"

삼십칠 번이 고개를 저었다.

"네가 새로 쓸 이름을 고민하고 있었다."

"들으면 미련이 남을 것 같소."

"그러냐."

"당신 손으로 죽여주시오. 그리고 다음부턴, 나 같은 놈을 살려놓는 실수를 하시면 안 되오."

언젠가 끊어졌다가 이어 붙인 활시위가 내 머릿속에서 다시 터져 나갔다.

나는 마른세수를 하며 물었다.

"방법이 없나?"

"없소."

강호의 도리는 무슨.

내가 무슨 상상을 한 것일까.

나는 삼십칠 번에게 다가가 그의 목젖에 오른손 검지를 대었다.

"고통스럽진 않을 거다. 남길 말은?"

"없소."

"혈화곡은 내가 몰살해 주마."

삼십칠 번이 씩 웃으며 고개를 끄덕였다.

5장

역참지기

나는 밤새 칠흑 같은 어둠 속을 내달렸다.

적로도 성질이 뻗쳤는지 평소보다 거칠게 수풀을 헤치며 지나가다가 밟히는 것들을 모조리 쳐부쉈다.

삼십칠 번이 달고 있었던 추종향도 문제였으나.

그러지 않으면 내가 미쳐 버릴 것 같았다.

.

황야의 밤하늘을 기억한다.

낮의 전투가 끝나고, 널브러져서 피 묻은 갑옷과 병장기를 닦으며 나는 전우들과 함께 하늘을 구경했다.

불빛이라고는 우리가 피워놓은 작은 횃불 몇 개가 전부. 별 무리는 도도한 강처럼 밤하늘에 흐르고 있었다.

어떤 별들은 큰 줄기 한쪽에서 소용돌이치고, 어떤 별들은 지류처럼 뻗어나가 그림을 그리는가 하면, 또 어떤 별들은 외따로 떨어져서 홀로 빛났다.

나는 그 하늘을 바라보는 게 무엇보다 괴로웠다.

분명 아름다운 것인데, 그걸 바라보는 나는 얼굴도 제대로 모르는 적들을 도륙하고 살아남은 추잡한 놈이었기 때문이다.

그래서 나는 흐드러진 꽃나무를 바라보던 삼십칠 번의 마음을 누구보다 깊이 이해했다.

나를 만나지 못하고 오래 살아남았다면.

언젠가 삼십칠 번은 혈화곡에서 도망쳐 나와 스스로 제 이름을 찾지 않았을까.

그런 생각을 하며 문득 고개를 드니 저놈의 달은 오늘도 변함없이 빛나고 있었다.

살수들이 내게는 큰 위협이 아니었으나 놈들을 달고 고향으로 돌아갈 수는 없어서 남쪽으로 방향을 틀었다.

다른 연고가 있는 북경으로 갈 생각이었다.

숲을 벗어나 관도를 타고, 적막한 길에 홀로 불빛을 내는 역참에 다다라서야 나는 적로를 멈춰 세웠다.

새벽 어스름이 다가오고 있었다.

본래 가던 방향을 틀어 한참을 달렸으니 적어도 오늘 하루는 살수들이 내 위치를 특정할 수 없을 것이다.

적로가 숨을 고르더니 푸륵푸륵 고갯짓하며 신경질을 냈다.

사람 말을 할 줄 알았다면 대충 이렇게 이야기하지 않았을까.

'이 못난 주인 놈아. 달밤에 왜 갑자기 지랄 염병이냐.'

나는 녀석의 목덜미를 툭툭 두드리고 땅에 내려선 다음 말했다.

"고생했다. 오늘은 여기서 좀 쉬자."

새벽이라 나와서 나를 맞아주는 사람은 없었는데 건물 부엌 쪽에선 모락모락 김이 피어오르고 있었다.

아침 식사를 준비하는 모양.

그리 크지는 않지만, 작지도 않은 역참이었다.

마구간으로 가니 여섯 필의 말이 벌써 일어나 말죽을 먹고 있었다. 질 좋은 당근과 과일을 섞어서 끓였는지 달큰한 냄새가 났다.

적로는 입맛이 까다로운 편인데 이 정도면 합격점이었다.

나는 녀석을 마구간에 넣고 말했다.

"사고 치지 말고."

그러자 적로는 이빨을 훤히 드러내며 웃더니 슬금슬금 다른 말들을 밀어낸 다음, 말죽에 코를 박았다.

생각해 보니 살수 놈 살점 말고는 황야를 떠나서 뭘 먹인 게 없었다.

잠시 쪼그리고 앉아 말들이 밥 먹는 걸 구경하니 그제야 심마가 조금 가라앉는 듯한 기분이 들었다.

그때 뒤에서 나직한 목소리가 들렸다.

"명마로구먼."

허리가 조금 굽은 키 작은 노인이 걸어오고 있었다.

"안녕하십니까."

"못 보던 얼굴인데."

"방금 막 도착했습니다."

노인은 내 등에 매인 창과 허리춤의 검, 그리고 붉은 갑옷을 훑어보더니 물었다.

"탈영병은 아니지?"

"아닙니다. 진짜 탈영병이라 하더라도 그렇게 물으시면 누가 그렇다고 하겠습니까."

"허허, 그건 그렇네."

"하루만 묵어가려 하는데요. 밤에 떠날 수도 있습니다."

"방을 하나 따로 내어주겠네. 그 전에 자네 말을 잠시 봐도 되겠는가? 직업병이라서 말이네. 좋은 말을 보면 궁금해진단 말이지."

평범한 마부인 줄 알았는데 말투를 보니 역참 주인이었다. 나는 고개를 끄덕이고 마음껏 보시라고 손짓했다.

노인은 먹는 데 정신 팔린 적로의 머리를 두드리고 눈을 한 번 마주친 뒤에 마구간으로 들어갔다.

그러고는 다른 말들을 옆으로 비키게 하고 적로의 엉덩이를 다짜고짜 짝- 하고 후려갈겼다.

"……!"

미친 노인네, 자살하려는 건가?

나는 화들짝 놀라서 고개를 든 적로에게 말했다.

"가만히 있어라, 이놈아."

그러자 노인이 껄껄 웃었다.

"괜찮네. 내가 말만 오십 년을 봤어."

"그래도 저놈은 군마입니다, 어르신. 다른 말들과는 달라요."

"옛날에 나도 군대에서 일한 적이 있네. 기마병들 말을 관리했었지. 이놈은 그중에도 특출나."

노인은 적로의 몸 이곳저곳을 만져보고 항문, 배, 성기를 확인한 뒤에 얼굴을 관찰했다.

귓속과 눈을 본 다음엔 녀석의 턱을 툭툭 건드리더니 손가락으로 입을 벌려서 안쪽까지 들여다보고 만졌다.

어쩐 일인지 적로는 잔뜩 주눅이 들어서 노인의 손길에 저항하지 않았다.

개가 개장수를 만난 모습 같달까.

"음."

"어떻습니까?"

"이놈 혈통을 아는가?"

"잘 모릅니다."

"서역에서 온 놈일세. 본래 고원에 사는 야생마들의 피를 이은 놈이야."

"그렇군요."

"옛날에, 내가 속했던 곳의 기마병들이 이런 말들을 썼는데……."

노인이 마구간에서 나오며 내 갑옷을 다시 훑어보았다.

"그 부대 이름이 적각기마대였네."

"아."

"용맹한 전사들이었지. 반갑네. 이 허름한 역참에 나라의 공신이 왔구먼."

비록 병사는 아니었으나, 오래전 적각기마대를 위해 일했던 선배에게 나는 깍듯하게 예를 취했다.

"다시 인사드리겠습니다. 모용겸이라 합니다."

"나는 장준일(張俊馹)이라 하네. 가세. 할 애기가 많아."

자글자글 주름이 맺힌 노인의 눈은 벌써 먼 옛날을 되돌아보고 있는 듯했다.

살수들 말고 설마 알아보는 사람이 있을 줄은 몰랐다.

눈에 띄는 갑옷을 굳이 입고 다녔던 건 살수들을 유인할 의도도 있었는데 그것이 평범한 사람들을 휘말리게 할 수 있다는 걸 그제야 깨달았다.

'이 멍청한 새끼야…….'

나는 나 자신을 욕하며 갑옷을 벗고 봇짐에 숨겼다. 창과 검도 이목을 끌기엔 충분했으나 그것까진 어쩔 수 없었다.

건물로 들어가니 일찍부터 차를 마시고 있는 행상인들이 있었다.

"좋은 아침입니다."

장준일을 보고 그들이 인사했다.

"벌써들 가시는가?"

장준일이 묻자 행상인들이 웃으며 고개를 끄덕였다.

"갈 길이 바쁩니다. 먹고살아야지요."

"아침 식사는 하고 가시게. 마누라가 지금 준비하고 있으니."

"예, 감사합니다. 그런데 뒤에 계시는 분은……?"

뒤늦게 나를 발견한 행상인들의 얼굴에 불안이 감돌았다.

병장기를 들고 있으니 당연한 일이었다.

"아, 방금 막 도착한 손님일세. 인사들 하게. 여기는 적…….”

제기랄.

나는 장준일의 말을 끊고 대신 답했다.

“적준겸이라 합니다. 강호행을 하며 수련 중인 무명소졸입니다. 피해 끼칠 일은 없을 테니 편히 식사하십시오.”

입에서 나오는 대로 뱉다 보니 적각기마대의 적 자와 장준일의 이름, 내 이름이 섞여 버렸다.

장준일이 의아한 눈빛을 하고 나를 돌아봐서 눈을 부릅뜨고 살짝 고개를 저었다.

행상인들 표정이 그제야 풀어지며 인사가 돌아왔다.

“하하…….”

어색하게 웃는 나를 장준일이 이 층의 방으로 안내했다.

방에 도착해서 그가 물었다.

“진짜로 탈영병인가? 모용겸이라더니.”

“모용겸이 제 이름이 맞습니다. 죄송합니다. 사정이 있어서.”

“이따 얘기하지. 식사는 여기로 가져다주겠네.”

“감사합니다.”

장준일이 떠나자 절로 한숨이 나왔다.

나는 짐을 풀고 침상에 누워서 잠시 천장을 보며 머리를 비우려 했다.

“……하.”

신경 쓸 게 많아서 도무지 비워지지 않았다.

강호로 녹아드는 게 이렇게 어렵다.

생각해 보니 그건 딱히 내 탓이 아니라 살수 놈들 때문이라 더 문제였다. 이 개자식들을 다 죽여야 좀 편해질 것 같은데…….

놈들이 어딨는지를 모르니 당장은 불가능한 일이었다.

세 종류 나물과 보리밥, 고깃국.

소박하지만 맛있는 식사였다.

장준일은 자기 몫의 밥그릇을 내 방으로 가져와 나와 함께 식사했다.

먹는 동안 그는 말이 없었다.

그게 나를 경계하는 것이기보다는 오랜 세월 몸에 밴 습관으로 보여서 나도 묵묵히 밥을 먹었다.

밤새 잠을 자지 못한 통에 졸음이 쏟아졌으나 배가 차고 녹차를 몇 모금 마시자 금세 정신이 되돌아왔다.

장준일이 물끄러미 창밖의 마구간을 바라보다가 물었다.

"어찌 된 일인지 설명해 주겠나."

나는 고개를 끄덕이고 품에서 적각기마대의 신분패를 꺼냈다.

붉은 염료로 염색된 목패다. 한 면엔 주(主), 다른 한 면엔 모용(慕容)이라는 글씨가 금으로 음각되어 있다.

그러니까 이것은 적각기마대의 대주임을 증명하는 물건이다.

장준일이 과거에 우리 기마대에서 일한 게 사실이라면 이 목패를 못 알아볼 일은 없다.

사실 이 늙은 마부에게 내 정체를 밝힐 필요는 없었으나, 식사를 기다리는 동안 곰곰이 생각해 본바.

이 사람에겐 거짓말을 하지 말아야겠단 결론에 도달했다.

특별한 이유는 없었고 그냥 내 기분이 그랬다.

그렇다고 다 얘기해 줄 생각은 아니었다. 숨길 것은 적절히 숨기고, 듣기 좋을 만한 이야기만 해주면 된다.

내가 목패를 건네자 장준일의 눈이 크게 동요했다. 그는 떨리는 손으로 목패를 여러 차례 뒤집어가며 확인했다.

"……자네가 대주라고?"

나는 말없이 고개를 끄덕였다.

"육수천 장군은 어찌 되셨는가."

"두 달 전에 돌아가시고 제가 대주 자리를 물려받았습니다."

"너무 젊어 보이는데."

"실제로 젊습니다, 노야."

"……."

무슨 기억을 떠올리고 있는 것일까.

목패를 되돌려주고 장준일은 아직 뜨거운 차를 단숨에 들이켰다. 그리고 잠시 뜸을 들이더니 벌떡 일어서서 내게 포권을 취했다.

“이 노복은, 삼십이 년 전에 육수천 장군께 구명의 은혜를 입고 적각기마대에서 복무했던 장준일이라 합니다. 새로운 대주를 뵙습니다.”

나는 놀라서 따라 일어나며 그를 말렸다.

“노야, 그러지 마십시오. 제가 불편해집니다.”

장준일은 단호하게 고개를 저었다.

“비록 전장을 떠난 지 오래되었으나 제 마음은 항상 그 황야에 남아 있었습니다. 그러니 이런 곳을 떠나지 못하고 역참지기 노릇을 하고 있지요. 그대가 새로운 대주라면 당연히 제 존대를 받을 자격이 있습니다.”

고집스럽게 늙은 사내였다. 하지만 그 방향은 한없이 올곧아서 나는 그를 매정하게 대할 수 없었다.

“존대를 거두시지 않으면 당장 이곳을 떠나겠습니다. 이러자고 온 게 아닙니다. 쉬러 왔지.”

하지만 나도 고집이라면 어디 가서 지지 않는다. 그러니 그 전장에서 그렇게 억척스럽게 살아남은 것이다.

흥분한 모양인지 장준일은 거침없이 말했다.

“육수천 장군은 어떻게 돌아가셨습니까?”

"장군은……."

내 말을 자르고 장준일이 다시 물었다.

"창과 검에 피가 묻어 있더군요. 쫓기고 계십니까?"

"예?"

"사실대로 이야기해 주시면 존대를 거두겠습니다."

나는 그제야 내가 당했다는 걸 깨달았다. 헛웃음이 나왔으나 숨기지 않았다.

"하, 하하하!"

산전수전 다 겪은 이 노인은 자기가 원하는 이야기를 듣기 위해 혓바닥의 절기를 펼친 것이었다.

나는 어버버하는 사이 꼼짝없이 당해 버렸고.

의자에 주저앉으며 내가 황당하단 표정을 지어 보이자 장준일의 입꼬리가 씰룩거렸다.

'이 능구렁이 같은 영감…….'

마음에 들지 않는 건 아니었다.

새삼스럽게 이 고집스레 늙은 역참지기도 적각기마대의 사내였다.

그렇다면 이런 성정인 게 옳다.

"제가 졌습니다. 다 얘기해 드릴 테니 앉으시지요. 대신 존대를 거두시는 게 먼저입니다."

장준일이 자리에 앉으며 말했다.

"그러겠네."

"말솜씨가 보통이 아니십니다, 노야."

"자네도 늙으면 저절로 이렇게 될 걸세."

아닐 것 같은데.

나는 하나부터 열까지, 있었던 일을 모두 얘기해 주었다. 육수천의 자결부터 조충헌의 농간, 살수들의 접근까지.

사내가 한번 말을 뱉었으면 지켜야 하는 법이다.

좀 자려고 했던 계획은 크게 틀어져 버렸다.

하지만 어쩌랴, 눈앞에 내 이야기를 듣고 울분을 삼키는 노인장이 있는 것을.

이야기를 마치고 나는 품에서 은전 하나를 꺼내 탁자 위에 올려두었다.

곧장 떠날 생각이었다.

더 길게 머물렀다간 장준일을 내 사정에 말려들게 할 수도 있었으니.

내가 일어서자 내 의중을 알아차린 장준일이 말했다.

"기다리시게."

"떠나야 합니다, 노야. 다 듣지 않으셨습니까."

고집불통 노인네가 내 팔뚝을 붙잡았다.

"젊은 대주, 내가 도와주겠네. 이것은 내 은혜 갚기야. 육 장군께 갚지 못했으니 자네에게 갚아야지."

나는 붉게 충혈된 그의 눈을 피하지 못했다.

젊은 대주가 찾아온 다음 날.

장준일은 여느 때처럼 일찍 일어나 말죽을 끓이고 있었다.

육수천 장군이 죽었다는 소식에 마음이 심란해진 그는 커다란 주걱으로 솥을 저으며 노래를 불렀다.

적각기마대에 복무하던 무렵, 병사들과 함께 불렀던 군가였다.

-벌거벗은 땅엔 모래바람 불고.
굽이치는 산맥은 하얗게 머리가 세어.
온종일 달려도 닿을 수 없음이라.
형제들아, 그 경치가 어떠하더냐.
내 술 한 동이 들고 곧 따라가리라.

전투가 끝나고 죽은 자들을 기리는 진혼가였다.

옛날에는 곧잘 불렀는데 시간이 너무 오래 지나서 그런 것일까, 중간중간 음이 잘 떠오르지 않아 헤맸다.

그러자 옆에서 아침 식사를 준비하던 아내가 거들어주었다.

노래하던 장준일이 물었다.

"여보, 기억하는가?"

"뭘요."

"육 장군을 처음 만났을 때 말이야."

"그럼요. 처음엔 어찌나 무서웠는지……."

부부는 옛날에 같은 표국에서 일했던 마부와 시비였다.

한 번은 둘이 표행을 따라 나가게 되었는데.

산길에서 악명높은 산적들을 마주쳐 죽을 위기에 놓였다가.

'멈춰라. 이 버러지 같은 놈들.'

우연히 지나가던 육수천에게 목숨을 구원받게 되었다는 흔한 이야기.

그길로 부부는 육수천을 찾아가 십 년간 적각기마대에 몸담았다.

건강이 나빠져서 전장을 떠나 멀지 않은 땅에 역참을 차렸으나, 장준일의 마음은 여전히 흙먼지 일던 황야 어딘가를 떠돌고 있었다.

젊은 대주가 말 못 할 사연을 안고 찾아온 건 그에게는 무엇과도 비교할 수 없는 기연이었다.

"그 친구 말이야."

장준일이 말하다 잠시 뜸을 들였다.

"스물두 살이라 하더군."

"아이고, 어려라."

"육 장군의 제자라고 봐도 되겠지."

"그 나이에 벌써……."

저녁 식사 때 보았던 젊은 대주의 눈을 떠올리고 장준일의 아내는 말문이 막혔다. 혈겁을 안고 다져진 눈은 옛날에 보았던 여느 장수들과 다르지 않았다.

장준일이 단호하게 말했다.

"그렇게 말하면 안 되네. 짊어진 게 많은 대장부가 아닌가."

"그래도요."

"그러니 우리가 도와줘야겠지."

장준일의 아내가 고개를 끄덕이고, 장준일이 말을 이어갔다.

"옛날에 병사들이 작전 나가기 전에 어떤 기분이었는지 이제야 알겠어."

"긴장돼요?"

"심장이 벌렁벌렁해."

지난밤 결국 젊은 대주를 설득하고 작전을 짠 장준일이었다. 아내 또한 당연하다는 듯이 젊은이를 도와주는 데 동의했다.

늙고, 멀리 떠나왔어도 그들은 어쨌든 적각기마대의 일원이었다.

점심 무렵, 역참에 방립을 쓴 행상인 세 사람이 찾아왔다.

"계십니까."

중년인 하나, 젊은이 둘.

장준일은 평소와 달리 뻣뻣한 자세로 그들을 맞으러 나갔다.

"어서 오시게."

살수일까? 평범한 행상인일까?

재빠르게 행색을 살펴보니 옷이 지저분하고 신발은 닳아 있으나 봇짐은 묵직했다.

장사가 영 시원치 않은 모양이었다.

방립을 슬쩍 올리며 중년인이 말했다.

"묵어갈 수 있겠습니까?"

장준일은 중년인의 눈을 똑바로 바라보며 답했다.

"방은 함께 쓰시고?"

"예, 가장 큰 방으로 주십시오."

젊은 대주가 설명하길, 살수는 평범한 삶과 동떨어져 있어 화목한 대화를 어려워하고, 아마도 눈빛이 썩은 생선처럼 죽어 있을 거라 하였는데.

중년인의 눈은 살아 있었다.

"먼 길을 온 모양이구먼. 들어오시게."

장준일은 행상인들을 데리고 건물로 들어갔다.

그들은 일 층에서 탁자를 닦고 있는 아내를 보고 정중히 인사했으며, 이 층의 방으로 안내받은 뒤엔 감사하단 말을 잊지 않았다.

'예의는 있는데…….'

그나마 눈에 띄는 건 셋이 별로 친해 보이지 않는다는 것뿐이었다.

장준일은 행상인들을 방에 데려다주고 마구간에 가서 말들 털을 빗겨준 뒤에 객잔처럼 꾸민 일 층으로 되돌아왔다.

중년인이 혼자서 식사하고 있었다.

말을 좀 걸어보려 했는데 주방에서 아내의 목소리가 들렸다.

"여보 잠시만 와봐요."

주방으로 들어가니 아내가 검지를 입에 대며 조용히 하라는 신호를 보내고, 부엌칼을 들어 찌르는 시늉을 했다.

함께 산 지 어언 오십 년이 다 되어가는 부부는 말하지 않아도 뜻이 통했다.

-살수라고?

-눈, 눈 젊은 애들 눈.

생각해 보니 중년인의 눈만 자세히 살폈지, 젊은이들의 눈은 제대로 보지 못했다.

장준일이 바깥으로 손짓했다.

-당신은 밖으로 나가 있어.

-조심해요.

장준일은 고개를 끄덕이고 주방을 나와 자연스레 중년인의 맞은편에 앉았다.

"입에 좀 맞는가?"

중년인은 입에 넣은 국수를 삼킨 뒤에 답했다.

"맛있습니다. 안주인께서 솜씨가 일품이시네요."

"그렇지? 옛날에 내가 그 손맛에 반해서 졸졸 쫓아다녔다네."

"부럽습니다. 저희 마누라도 음식 솜씨가 참 좋았었는데……."

장준일은 아차, 싶다는 듯 연기하며 중년인에게 물었다.

"먼저 떠나보냈는가?"

"예, 재작년에 역병이 돌았을 때……."

그렇게 말하는 중년인의 눈동자가 파르르 떨렸다.

이게 살수라고?

만약 진짜라면 이자는 살수 중에서도 손에 꼽는 실력자일 것이었다.

여전히 의아한 마음을 품고 장준일은 백주를 한 병 꺼내 중년인의 앞에 가져다주었다.

"내가 괜한 소릴 했군. 미안하네."

"아, 제가 술은 못합니다."

"차는 좋아하시는가?"

"없어서 못 마시지요."

"잠시만 기다리게."

주방에서 찻잎을 우리며 장준일은 위층에 귀를 기울였다.

발소리도, 말소리도 들리지 않는 걸 보니 젊은이들은 아마 누워서 쉬고 있는 모양이었다.

그게 아니라면…….

발소리를 완전히 죽일 정도로 훈련된 살수란 뜻일 터.

"녹차일세. 그리 좋은 건 없구먼."

"감사합니다."

중년인은 독을 확인하지 않고 의심 없이 차를 마셨다. 장준일은 여전히 중년인이 살수라고 확신할 수 없었다.

"그런데 영 사람이 없군요. 평소에도 이렇습니까?"

"아닐세, 여기가 그래도 하북 땅에선 사람들이 많이 오가는 길인데 전쟁통이기도 하고, 겨울이어서 발길이 끊긴 모양이네."

"어려운 시절입니다."

"그렇지."

장준일이 떠보았다.

"아까 그 젊은 친구들은 식사를 안 한다던가? 그 친구들 몫도 준비해 뒀을 텐데."

중년인이 미소 지으며 계단 쪽을 가리켰다.

"마침 옵니다."

장준일이 고개를 돌려 계단을 보니 젊은이들은 여전히 방립을 쓴 채로, 입을 굳게 다물고 내려오고 있었다.

발소리가 들리지 않았다.

"어서 오……."

'게'까지 말을 마무리하지 못하고 장준일은 중년인 옆에 다가오는 젊은이들을 멍하니 바라보았다.

그들 눈이 아내의 말대로.

썩은 생선 눈깔이었기 때문이다.

침착하게 연기를 이어온 장준일이었으나 찰나에 마른침이 넘어가는 것까지는 숨기지 못했다.

오랫동안 역참을 지키며, 이런저런 사람을 만나고 잔뼈가 굵다곤 하나.

그는 어디까지나 평범한 마부일 뿐.

중년인은 장준일의 목울대가 미세하게 움직이는 소리를 놓치지 않았다.

존댓말을 하던 중년인이 말투를 바꾸었다.

"범인(凡人)치고는 훌륭했소. 몸짓으로 얘기하는 소리가 여기까지 들리더군. 그게 아니었으면 몰랐을 거요."

"……."

장준일이 답하지 못하자 중년인은 젊은이들에게 대놓고

물었다.

"찾았나?"

"오전 중에 떠난 것 같습니다."

장준일은 젊은이들에게 보냈던 시선을 다시 탁자 맞은편의 중년인에게 돌렸다.

여전히 평범한 행상인처럼 보이는 사내.

그러나 장준일의 심장은 눈에 보이는 것을 부정하고 미친 듯이 뛰기 시작했다.

"어르신."

"자, 자네들은……."

"이미 아시는 게 있는가 봅니다."

이러면 안 되는데.

침착하게, 침착하게 대화를 나누어서 젊은 대주에게 도움이 될 만한 정보를 캐내야 하는데.

"제가 지금부터 질문을 몇 가지 드릴 텐데, 제가 존대를 해드리는 동안 잘 대답하는 게 신상에 이로울 것입니다."

말이 잘 나오지 않아서 장준일은 고개를 끄덕였다.

어제 젊은 대주에게 말할 때는 혀가 잘만 움직였는데 왜 이러는 것인가? 아마도 대주가 자신을 배려하여 기도를 철저하게 감추었기 때문일 터.

살수에게는 당연히 그런 배려가 없었다.

흉흉한 살기에 장준일은 정신을 부여잡으려 희뿌연 기

억 속에 남아 있는 육수천을 떠올렸다.

중년인이 품에서 비수를 꺼내 탁자에 꽂았다.

"간밤에 창을 든 남자가 오지 않았습니까?"

"와, 왔었네."

"이름이 뭐라고 하던가요?"

"말이 없던 편이었는데."

"외모는 어땠습니까."

"그, 그것이……."

거짓말을 해야 하나?

아니다. 어차피 외견은 알고 있을 터.

"짙은 갈색 머리에, 푸른 눈을 하고 있었네."

"어디로 간다고 했습니까?"

"그것까지는 잘……. 왜, 왜 그 사람을 쫓고 계시는가? 혹시……."

객기를 부려봤으나 중년인이 장준일의 말을 끊었다.

"알면 죽는데 궁금하십니까?"

"아니, 아니네."

'내가 살수들을 얕봤구나.'

자신이 상대할 수 없는 사람들이었다.

도대체 뭘 믿고 젊은 대주를 도와주겠다고 큰소리친 것일까.

스물두 살, 새파랗게 어린 친구인데…….

그 예의 바른 청년이 벌써 이런 사람들을 상대하고 있다고 생각하니 심장이 조여들었다.

여기까지인가 보다.

장준일은 몸에서 힘이 풀린 양 의자를 뒤로 밀며 벌러덩 넘어진 다음 크게 바닥을 굴렀다.

쿠당탕!

"……뭐 하십니까?"

장준일의 칠십 년 인생을 바친 연기는 이렇게 마무리되었다.

어떻게든 큰 소리를 내는 것.

그것이 젊은 대주와 약속한 신호였다.

장준일은 마지막 힘을 쥐어짜 내 소리쳤다.

"대, 대주!"

멀리서 바람을 가르는 소리가 들리더니 한쪽 벽에서 굵은 창이 머리를 들이밀었다.

콰쾅!

중년인을 스친 창이 그대로 옆에선 젊은이를 꿰뚫고 반대쪽 벽까지 뚫고 지나갔다.

그리고 숨을 한 번 들이마실 시간에 젊은 대주가 구멍 뚫린 벽을 부수며 안으로 들이닥쳤다.

"고생하셨습니다, 노야."

멀찍이 떨어진 수풀에서 기감으로만 사태를 관망하다가 나선 상황. 그런데 급하게 던지느라 힘을 너무 세게 줬다.

적로에게 창을 가져오라 시키고 나는 경공을 펼쳐 건물로 뛰어들었다.

상체가 절반쯤 찢긴 살수가 바닥에 나뒹굴고 있었다. 나머지 둘은 나를 보자마자 등 뒤에 숨겨두었던 짧은 검을 뽑아 들고 덤벼왔다.

장준일은 그 틈에 후다닥 도망쳐서 건물 밖으로 나갔다.

나는 먼저 젊은 놈을 걷어차 날리고, 중년인에게 검을 휘둘렀다.

카카캉!

먼저 검을 휘두른 것은 중년인이었으나, 당연히 내가 더 빨라서 놈은 검로를 틀고 몸을 물렸다.

손에 전해진 압력이 꽤 묵직했다.

하기야 나이가 있으니 쌓은 내력도 깊을 터.

나는 검을 쥔 오른손 손목을 빙글빙글 돌리며 물었다.

"넌 몇 번이냐?"

중년인도 내 내력을 가늠했는지 눈을 동그랗게 뜨며 말했다.

"역시 삼십칠 번이 배신했구나."

내가 남기고 온 흔적을 보고 알아챈 모양.

알 바는 아니었다.

"몇 번이냐고."

말하며 나는 놈에게 좌장을 내밀었다.

대답을 기대하지 않았기 때문이다.

허공에 사람만 한 손 모양이 만들어지자 중년인은 짧게 숨을 들이마시고 장력을 십(十)자로 깔끔하게 베어냈다.

썩어도 조장급이라 이건가?

나는 놈이 자세를 고칠 시간을 주지 않고 곧장 파고들었다. 중검(重劍)의 묘리가 실린 찌르기 세 번을 연달아 막아낸 중년인이 당황하며 소리쳤다.

"십이!"

그러자 오른편에서 뭔가 터지는 소리가 들리더니 강침 다발이 날아 왔다.

'아, 이건 반칙이지…….'

생각하면서 나는 내가 인지하지 못하는 찰나, 반사적으로 검에 내력을 집중하고 와류를 일으켰다.

쇄도하던 침들은 와류에 실려서 내 검로를 따라 함께 움직였다.

그 상태로 몸을 한 바퀴 회전하자.

날아온 침들은 왔던 방향을 그대로 되돌아가게 되었다.

젊은 살수는 자신이 무엇을 본 건지 이해하지 못하고 순식간에 고슴도치가 되었는데 침이 적중한 자리에서 수포가 올라와 악취를 내며 터졌다.

중년인이 놀라서 중얼거렸다.

"이화접목(理花接木)?"

"비슷한데, 아니야."

나는 중년인을 두고 젊은 살수의 시신을 다시 살폈다. 아직도 죽지 못하고 있기에 목을 베어주었다.

"성한심결(星限心訣)이다."

"처음 듣소만."

"당연하지. 강호에서 사라진 지 백 년은 넘었을걸?"

"절정 초입이라 하더니……."

나는 죽은 십이 번을 보고 삼십칠 번을 죽였을 때가 떠올라 열이 뻗쳐서 재차 중년인에게 달려들었다.

"난 강호의 기준은 모른다. 나한테 시비를 걸었으면 전쟁을 생각했어야지."

내가 검을 휘두를 때마다 중년인은 각혈하며 검격을 막아내었다. 나는 일부러 살초를 날리지 않고 놈을 건물 밖으로 몰아냈다.

때마침 적로가 창을 가지고 돌아왔다.

"원래 살려서 정보를 좀 캐려 했는데."

나는 왼손에 창을 쥐고, 오른손으로는 역수로 쥔 검에 와류를 휘감았다.

"생각이 바뀌었다. 막아봐라. 죽든가 말든가……."

회오리를 입은 검이 유성(流星)처럼 중년인에게 쏘아졌다.

유성검(流星劍)이 쇄도하자 중년인은 연달아 기합을 터뜨리며 검막(劍幕)을 만들고 그 뒤로는 장력을 겹쳤다.

상당히 인상적인 대처였으나.

유성의 묘리를 막기에는 역부족이었다.

상대 내력의 흐름을 방해하는 회오리를 감싸고 있어서, 오로지 더 깊은 내력으로만 방어할 수 있는 절기이기 때문이다.

콰아아앙!

일순간 허공에 뜬 채로 멈춘 것처럼 보인 검과 중년인의 검막 사이에서 폭발이 일어났다.

뿌옇게 일어난 흙먼지가 가라앉고.

바닥엔 산산조각이 난 검과 중년인이 널브러져 있었다.

"살아 있나?"

내가 묻자 중년인은 기침으로 답했다.

다가가서 창대로 놈의 허리춤을 툭툭 건드렸다.

아무리 봐도 죽기 직전인 상태.

창을 가볍게 휘둘러 중년인의 앞섶을 가르자 아니나 다를까 고독이 자리 잡고 있었다.

삼십칠 번의 것보다 훨씬 크고 흉측했는데 사람 몸에 기생한 세월이 길어서 그럴 터.

날개 없는 금빛의 누에나방이 살점과 뒤엉켜 눌어붙은 듯 보였다.

나는 인상을 찌푸리며 물었다.

"그래서, 몇 번이라고?"

중년인이 헛웃음을 뱉으며 말했다.

"흐하하하, 이런 미친놈을 봤나. 실력 책정이 완전히 잘못되어 있었군."

살수에게 미친놈 소리를 듣다니.

나는 기분이 언짢아져서 창끝으로 고독을 슬쩍 찔러보았다.

'푹' 찌른 것이 아니라 '폭!' 찌른 정도?

그러자 한순간 잔뜩 움츠렸던 고독이 꾸물거리더니 발광하며 주변으로 실핏줄 같은 무언가를 뻗기 시작했다.

"허억!"

중년인이 숨을 들이마시며 이를 악다물고.

실핏줄은 놈의 심장부에서 가슴팍 전체의 피부로 진격하며 문자 그대로 염병을 떨었다.

"끄어어억……."

중년인은 삽시간에 게거품을 물고 눈을 까뒤집으며 경련했다.

이러려고 찔러본 건 아니었는데.

"아, 미안."

나는 괜히 한 걸음을 물러섰다가 중년인이 고통을 견딜 시간을 기다려주었다.

잠시 뒤에 중년인은 고치 속 애벌레처럼 몸을 말고 숨을 몰아쉬었다.

"괜찮나?"

중년인이 절레절레 고개를 저었다.

"삼십칠 번한테 들었다. 조장급들이 아이들을 납치해 와서 고독을 먹인 뒤에 살수로 양성한다고."

말하며 놈의 눈을 살폈으나 텅 빈 상태로 아무런 반응이 없었다.

"왜 그랬나. 너도 똑같은 처지였을 텐데."

"흐흐흐……."

이 상황에서도 웃음이 나오나.

나는 그제야 중년인의 얼굴을 자세히 살폈다. 이 자도 딱히 악귀 같은 얼굴을 하고 있진 않았다.

그러니까, 삼십칠 번 같은 사내가 흐드러진 꽃들을 보고도 아무런 상념이 들지 않는 지경에 이르러.

시키는 대로 사람을 죽이고.

어느 날은 아이를 납치하기도 하고.

그렇게 살아남아 노예에서 노예를 관리하는 위치로 격상된 게 이 중년인이었다.

나는 정말로 이 노예 관리인이 어떤 생각으로 살아왔는

지가 궁금했으나.

"이유가 필요한가?"

평생을 노예로 살아온 사람다운 대답이 돌아왔다.

사실 이런 식일 거로 예상하긴 했다.

"알았다."

나는 미련 없이 중년인의 목을 베고 뒤돌았다.

고개를 들어 역참 쪽을 바라보니, 장준일과 그의 아내가 황망한 눈으로 나를 바라보고 있었다.

나는 묵묵히 역참지기 내외가 떠날 채비 하는 것을 도왔다.

박살이 난 일 층.

널브러진 시체들에 여기저기 손쓸 수 없을 정도로 튀어 있는 살점과 핏물.

더 이상 그들이 여기에 머물 수는 없었다.

아무리 적각기마대와 인연이 있었다고 한들, 겨우 하루를 본 사이에 불과한데 이 부부는 왜 터전을 버려가면서까지 나를 도와주었을까.

이해할 수가 없었다.

강호의 도리?

그딴 게 헛소리라는 건 삼십칠 번을 죽이면서 배우지 않았나.

무(武)를 갖추지 못했고, 협(俠)을 행하기에도 너무 늙고 약한 이들은 내게 무엇을 기대하는 것일까. 무엇을 베풀어 준 것일까.

알 수 없었다.

엄밀히 따지자면.

내가 아무리 군대에서 나라를 지키는 역할을 맡았었다고 해도 결국은 살인귀에 불과한데 말이다.

이해하지 못하는 와중에도 나는 그들에게 돌려줄 수 있는 것을 생각했다.

내가 살인귀이긴 하나, 염치가 없지는 않다.

결국에 해줄 수 있는 것은 하나뿐이어서 나는 그들이 마지막으로 챙길 것을 챙기는 사이 서찰을 하나 적었다.

집으로 보내는 것이었다.

나는 장준일에게 내 신분패와 갑옷, 서찰을 맡기며 말했다.

"호위할 표사들을 고용해서 곧장 심양의 모용장(慕容莊)으로 가십시오. 제 서찰과 신분패를 보여주면 귀빈으로 모실 것입니다. 원하신다면 그곳에 자리 잡는 것도 도와드리겠습니다."

내가 면목 없다는 듯이 말하자 옆에서 듣던 장준일의 아내가 느닷없이 내 손을 잡아주었다.

세월에 투박해진 손이 굳은살 박인 내 손바닥을 보듬었다.

"대주님."

"노파파, 제 일에 말려들게 해서 죄송합니다."

"눈이 붉습니다."

아, 심마가 다시 뻗치고 있나?

"무리하지 마세요. 대주님을 도와드린 건 저희 뜻이었으니 후회는 없습니다."

"……."

"먼저 가서 기다리고 있을 테니 몸조심하세요."

"감사합니다."

나는 잠시 노부모를 모신 청년의 마음가짐이 되어 그들을 배웅했다.

역참지기 부부여서 그런가, 둘 다 말 타는 솜씨가 제법이었다.

그들 뒷모습이 점으로 멀어질 때까지 지켜보다가 나는 다시 장수의 마음가짐으로 되돌아와 살수들의 시신을 모았다.

시신에서 고독을 도려내었다.

금빛의 누에나방 형상을 하고 있으니 일단은 금잠고(金蠶蠱)라 부르면 될까?

놈들은 숙주가 죽었는데도 여전히 살아서 꿈틀거리고 있었다.

딱히 독을 뿜지는 않는 걸 보니 오로지 숙주가 된 사람을 부리기 위해 만들어진 독물일 것이라 짐작했다.

그래도 불안하긴 어쩔 수 없어서, 역참에서 질긴 가죽 주머니 몇 개를 찾아 삼중으로 녀석들을 봉인했다.

북경에 아는 의원이 있어서, 찾아가 보여줄 생각이었다.

산 사람에게서 놈들을 떼어낼 방법을 찾아야 했다. 그러지 않으면 나는 혈화곡에 들어가서 학살을 저지를 수밖에 없을 테니.

대책 없이 놈들을 다 죽이고 나면 그곳에 남아 있는 어린아이들마저 죽음으로 내모는 꼴이 될 것이다.

내 손에 피가 좀 더 묻는 건 상관이 없었으나.

납치된 아이들까지 죽게 할 수는 없었다.

시신을 대충 구석에다 치워놓고, 부서진 잔해들을 정리하고 나자 해 질 녘이 되었다.

꼬르륵-

하늘이 매일 변함 없듯 이놈의 허기도 때를 거르는 법이 없었다.

마구간으로 가보니 이미 적로는 조금 남은 말죽에 다른

말들과 함께 코를 처박고 있었다.

양이 조금 부족해 보였다.

"혼자 처먹으니 맛있냐, 이놈아."

나는 중얼거리면서 말들이 먹는 모습을 구경하다가 건물 안으로 되돌아갔다.

사실 당장 떠나는 것이 맞았으나 그럴 생각이 들지 않는 건 왜일까? 아마 어딜 가나 살수들이 끝도 없이 쫓아올 것이란 게 뻔하기 때문일 터.

나는 당장 북경으로 이동하려던 생각을 고쳐먹고 역참에서 놈들을 기다리기로 했다.

암습이 특기인 살수들을 상대로 이동 중에 습격받기보다는, 차라리 준비된 상태로 기다렸다가 상대하는 게 낫다고 판단했다.

누가 오든 간에…….

곱게 죽여주진 않을 것이다.

얼마나 오래 갈진 모르겠지만 이제 내가 역참지기다.

평소처럼 불을 밝혀놓고.

간단한 물국수를 끓여 먹은 뒤에는 장준일이 하던 대로 말죽을 끓였다. 조금 식혀서 여물통에 넣어놓으면 말들이 알아서 먹으리라.

멍하니 솥을 젓고 있으려니 심마가 조금 가라앉는 듯했다.

그때 밖에서 인기척이 났다.

창을 들고 밖으로 나가자 흑의인 다섯이 시신을 살피다가 귀신을 본 듯한 눈빛으로 얼어붙었다.

"데리고 꺼져라."

내가 말하자 놈들이 검을 뽑으며 싸울 태세를 취했다.

"거기 죽은 놈들이 너희들보다 강할 텐데? 싸우면 반드시 죽는다. 윗선에 보고하고 곡주가 오든 누가 오든, 말이 통하는 놈을 보내라 해."

이놈들은 혀가 잘린 것일까.

통 말이 없었다.

내가 무심하게 바라보자 그제야 사태를 파악한 놈들이 시신 세 구를 들고 물러났다.

역시나, 먼저 이곳을 떠났다면 또 잡스러운 놈들이 줄줄이 나타나서 허망하게 죽었을 것이었다.

놈들이 떠나고 나는 술 처먹고 진상 부리던 손님을 쫓아낸 역참지기처럼 입구에 소금을 뿌렸다.

"에라이, 멍청한 새끼들."

밤중에 또 누군가가 찾아왔었는데.

평범한 행상인들이었다.

나는 이 층에서 명상하던 중이었다. 언제 살수가 찾아올지 몰라 운기조식을 할 수는 없으니 말이다.

박살이 난 일 층을 보고 당황한 목소리가 들려왔다.

"계십니까!"

"어르신! 어르신, 어디 계십니까!"

"호야, 너는 저쪽 찾아봐라."

"어르신!"

굳이 내려가지 않고 내버려 두었는데 젊은 청년 하나가 내가 있는 방에 들어왔다.

"엇!"

청년은 가부좌를 틀고 앉아 있는 나를 보고 멍청하게 소리를 냈으나 이내 자신이 죽을 상황에 놓였다는 걸 깨닫고 그 자리에 엉덩방아 찧었다.

내가 진짜로 역참을 점령한 마두였다면.

청년은 문을 열고 들어온 순간 머리가 터졌을 것이다.

"벼, 벽안귀(碧眼鬼)……."

내 눈이 파란 건 맞는데 귀신은 좀.

저것이 누군가의 별호처럼 들린 건 내 착각일까?

나는 멍청한 청년을 향해 짧게 말했다.

"꺼져."

"흐, 흐아악!"

청년은 우당탕 소리를 내며 일 층으로 내려가 고래고래 소리 지르더니 일행과 함께 떠났다.

도대체가 한시도 가만히 있을 틈이 없다.

나는 칼 찬 손님과 멍청한 손님들을 되돌려 보낸 뒤에야 평화롭게 명상에 들 수 있었다.

밤새 잠들지 못하고 황야를 상상했다.

살수 놈들이 또 하루면 찾아올 줄 알았는데 이번엔 시간이 좀 걸렸다.

이틀 뒤, 아침.

이번에 찾아온 사람은 노인이었다.

꼽추에, 지팡이를 짚은 봉두난발의 노인장이었는데 누가 봐도 소름이 끼쳐서 도망칠 것 같은 꺼림칙한 분위기를 풍겼다.

"계시오."

점잖게 밖에서 말하기에.

나도 점잖게 나가서 맞이했다.

"들어오시오."

멀쩡한 탁자가 하나밖에 없어서 나는 노인장을 거기에 앉히고 차를 내왔다.

나도 자리에 앉고, 우리는 말없이 눈을 마주쳤다가 당연하다는 듯이 차를 한 모금씩 마셨다.

입맛을 다신 노인장이 입을 열었다.

"차 내리는 솜씨는 형편없군."

"철이 들 무렵부터 전장에서 구르는 바람에 배울 시간이 없었소. 그런 걸 가르쳐 줄 사람도 없었고."

"무슨 차인 줄은 아나?"

"모르오. 이곳 역참지기가 좋아하던 물건인 것 같아 내어왔는데."

"그냥 싸구려 녹차일세."

"여기가 고급 다루(茶樓)도 아니고. 너무 좋은 걸 찾으면 곤란하오."

"클클클, 어디서 이런 놈이 나타났을꼬."

기분 좋게 웃은 노인장은 찻잔을 내려놓고 나를 유심히 관찰하다가 본론을 꺼냈다.

"우리가 자네를 크게 잘못 판단해서 일을 그르쳤네. 간밤에 의뢰인에게 추가금을 요구했네만 믿지를 않더군."

"무엇을 믿지 않았소?"

"우리의 실패, 자네의 실력."

나는 찻물을 내려다보다가 물었다.

"의뢰인이 조충헌인가?"

"그놈이 부리는 자들일세."

답이 뻔해서 굳이 숨길 것도 아니었다.

"그거나, 그거나. 그런 쥐새끼 같은 놈들 의뢰를 받은 게 잘못이지."

비웃으며 도발해 봤으나 노인장은 넘어오지 않았다.

"제안을 하나 하겠네. 우리와 함께 일해보겠는가? 조충헌에게 앙금이 있는 것으로 아네만. 복수를 도와주고 그 이상의 권력을 손에 쥐여줄 것을 약속하지."

나는 심마가 또다시 고개를 치켜드는 걸 느끼며 대답했다.

"곡주……."

꺼림칙한 외모기는 했으나 이자도 악귀의 얼굴을 하고 있진 않았다.

"이렇게 예의 차릴 줄 알고, 협상도 할 줄 아는 사람이 왜 애들 납치해서 고독을 처먹이고 있어?"

예상치 못한 질문인 듯 혈화곡주가 클클 웃으며 답했다.

"어차피 굶어 죽거나, 맞아 죽었을 불쌍한 인생들을 거두어 무공을 가르쳐 주었는데 고독이 대수인가?"

"미친놈이로군. 사마외도(邪魔外道)와 협상은 없다. 밖에 있는 놈들 다 들어오라고 해. 너희는 오늘 여기서 살아 돌아가지 못한다."

"강호에서 그리 자만하다간 목을 간수 하기가 어려울 것인데."

"그건 당신이 걱정할 일이 아니야."

혈화곡주가 질렸다는 듯 혀를 찼다.

"쯧, 어린놈이라 말이 통하질 않는군."

미친 새끼. 내가 할 소리다.

6장

혈화곡주

노망난 늙은이가 역참에 들어오기 전부터 건물은 이미 포위당한 상태였다.

밖에서 대기하는 자들은 다섯 명이었는데 하나같이 기도가 만만치 않았다.

혈화곡주가 정예만 추려서 데려온 것이다.

조충헌이 이놈들에게 의뢰를 넣었으면 두당 통용 은자 천 개는 줘야 하지 않았을까?

그걸 어떻게 내냐?

아무리 돈 많고 권력 있는 환관이어도 그렇지 이 사기꾼 새끼들…….

하루를 역참지기에 빙의해 지낸 것처럼 나는 잠시 조충헌의 입장이 되어보았다.

쥐새끼의 눈으로 독두꺼비처럼 늙은 혈화곡주를 보고

있자니 아마 이 둘은 동업자이자 서로를 무시하는 관계일 거란 생각이 들었다.

그렇다면 조충헌도 이 늙은이의 세력과 연관이 있는 걸까?

고독을 쓰고 살수들을 부린다면 분명 흑도나 마도일 터.

조충헌이 이놈들과 붙어먹었다는 증거를 잡으면 놈을 끌어내릴 명분이 될 수도 있었다.

내가 머리를 굴리는 찰나.

혈화곡주가 밖에 명령했다.

"쌍겸(雙鎌), 들어와라."

그러자 부서진 벽 너머에서 복면을 쓴 사내 하나가 들어왔는데 허리춤에 쇠사슬로 이어진 커다란 낫 두 자루를 차고 있었다.

그나저나 이 새끼들은 왜 아침 댓바람부터 흑의를 입고 있는 것일까.

도무지 모를 일이다.

"다 들어오라고 하라니까."

곡주는 나를 무시하고 쌍겸에게 말했다.

"살려만 놔라."

"예."

젊어서 무시당하는 건 장점일까 단점일까.

본신의 무위가 어떤지는 몰라도, 저 나이를 처먹고도 강호에 산다는 건 그만큼 오래 살아남았다는 의미일진대.

혈화곡주는 나를 완전히 얕잡아 보고 있었다.

정사마(正邪魔)를 막론하고, 강호인들에게는 대체로 이런 오만함이 있다고 언젠가 육수천이 얘기해 준 적이 있었다.

직접 보고 있자니 어이가 없어서 최대한 자존심을 깨부숴 줘야겠다고 마음먹었다.

별말 없이.

촤르르륵-!

쌍겸은 앉아 있는 내게 낫 한 자루를 던졌다.

나는 탁자에 기대어두었던 창을 집어 창대로 낫을 받으며 반대편으로 뛰어올랐다.

놀고 있던 좌장으로 벽을 뚫고 나가자 꼿꼿하게 선 채로 나를 바라보고 있는 다른 살수들이 보였다.

원형으로 역참을 감싸고 있었는데 놈들은 나를 보고도 아무런 행동도 취하지 않았다.

명령이 떨어지지 않아서 그런가?

나는 창대에 붙어 있던 낫을 떨치고 곧장 가장 가까이에 있는 살수를 향해 달려들었다.

겉보기에는 삼십칠 번이나 전날의 중년인과 똑같은 놈이었는데 병장기를 쓰지 않는지 놈은 뻗어오는 창날에 장법(掌法)으로 응수했다.

그러자 안쪽에서 혈화곡주의 목소리가 들렸다.

"나머지는 멀찍이 물러나라."

앉은 채로 전황을 읽고 있었던 모양.

나머지 셋이 물러섰으나 나는 장법가에게 집요하게 달려들며 놈을 놓아주지 않았다.

수투(手套)를 끼고 있는지 창날이 놈의 손바닥을 뚫지 못하고 쇳덩이에 부딪히는 듯한 소리를 내며 튕겨 나왔다.

전해지는 충격으로 내력을 가늠하면…….

사십 대 중반 정도 되었을까?

무인으로서는 전성기에 접어드는 나이다.

재능이 뛰어난 사내는 아닌지 그만한 압력이 느껴지진 않았다.

가벼운 수가 몇 차례 오가는데 쌍겸이 끼어들었다.

나는 목덜미에 소름이 올라오자마자 창끝으로 장법가를 밀어낸 다음, 창을 몸쪽으로 끌어당겨서 목 앞쪽을 막았다.

카가각!

내 목젖에 닿기 직전에 창대가 낫의 진격을 막았다.

그러나 창에 닿은 낫이 창대에서 떨어져 나가지 않고, 붙어 있는 그대로 쇠사슬이 뱀처럼 내 목을 휘감으려 했다.

쇠사슬을 스치며 고개를 숙이자 창대에 사슬이 휘감겼다.

자세를 고칠 새도 없이 나는 사슬을 통해 밀려드는 내력을 막아야 했다. 석 장 정도 거리에서 장력을 겨루는 것처럼 내력 싸움이 일어났다.

쌍겸도 장법가와 비슷한 연배인 듯, 가벼운 내력은 아니었다.

"이봐 쌍겸."

내가 입을 열자 쌍겸이 고개를 갸웃거렸다.

내력 싸움 중에 입을 연다는 것은 여력이 있다는 소리. 내가 자신의 공력을 견디는 게 그렇게 의아한가?

"버티는 것보다 힘을 빼는 게 낫다."

나는 말을 마치자마자 성한심결을 일으켜 몸을 중심으로 돌풍을 만들고, 그대로 창대에 실어서 크게 휘둘렀다.

강철로 된 창대가 탄력 있게 휘어졌으나 부러지지는 않았다.

오히려 쌍겸이 조금 끌려오는 듯하더니 우뚝 버텨 섰다가 쇠사슬이 끊어졌다.

카앙!

질 좋은 철을 써서 만들었는지 사슬 끊어지는 소리가 방울 소리처럼 맑았다.

거기에 쌍겸이 각혈하는 소리가 듣기 좋게 섞여 들었다.

"커헉!"

혈화곡주가 사람 말을 듣지 않는 것처럼 쌍겸도 좀처럼 말이 안 통하는 놈이었다.

'알려줘도 당하네.'

여느 백도의 무인이었다면 이럴 때 상대를 기다려 주었

겠으나.

나는 전장에서 뒹굴던 놈이다.

강호의 도리?

그런 거 모른다.

허리를 숙인 쌍겸의 배에 창날을 쑤셔 넣었다.

쌍겸이 토한 피가 창대에 묻었다.

그렇게 혈화곡주가 자랑하던 정예 한 놈이 허망하게 죽고 나는 꼿꼿이 서서 주변을 살폈다.

물러났던 다른 살수 놈들이 돌아오지 않아서 느긋하게 걸어 건물 안으로 복귀했다.

의자에 털썩 주저앉자 혈화곡주가 내 잔에 차를 채워주었다.

"독 탔나?"

내가 묻자 혈화곡주가 내 잔에 있던 차를 제 입에 털어 넣더니 다시 잔을 채워줬다.

나는 잔을 집어서 찰랑거리는 찻물을 잠시 노려보다가 바닥에 버렸다.

"안 마셔. 빌어먹을 노인네, 당신이 이독제를 처먹고 왔을지 내가 어떻게 알아?"

혈화곡주가 피식 웃더니 한쪽 눈썹을 씰룩거렸다.

"자네는 아무리 봐도 쌍겸보다 한 수 아래인데. 지금 봐도 그래."

"일류니 절정이니……. 나는 그딴 건 모른다. 그런 경지로만 따졌으면 나는 진작 전장에서 죽었을 테지. 내가 무공이 강해서 전장에서 그렇게 오래 살아남은 것 같나?"

"그럼 어떻게 살아남았나?"

"그냥 싸우다 보니 나보다 강한 놈들도 죽이고, 약한 놈들도 죽이고. 그렇게 살아왔지. 특별한 이유는 없다."

"모르는 게 많은 사내로군."

"당신은 아는 게 많은 모양이야. 아직도 내가 쌍겸보다 약해 보이나?"

곡주는 그제야 진지하게 내 기도를 읽으려고 눈을 찌푸렸다.

읽을 수 있을 리가 없지.

직접 사투를 벌이지 않은 지 오래되어 편협해진 저 머리통으로는 말이다.

"거참 신기한 놈이로군. 그 나이에 오를 수 있는 경지에 한계가 있을 텐데. 공청석유(空淸石油) 같은 영약이라도 먹었나?"

"곡주, 세상이 다 그런 기연으로만 돌아간다 생각하면 오산이야."

영약을 좀 먹긴 했는데 전부 군부에서 내려주는 보급형이었다. 그마저도 전공을 세워서 내가 얻어낸 것이니 기연이라 할 게 아니다.

혈화곡주가 말이 없어져서 나는 잠시 침묵에 동참하여 앉아 있다가, 주방에서 차를 다시 내어왔다.

내가 자리에서 일어나도 혈화곡주는 아무런 반응이 없었다.

이 늙은이는 대체 무슨 생각을 하고 있을까?

나를 어떻게 죽여야 할지?

어떻게 회유해서 써먹어야 할지?

내가 입으로 그렇게 지랄을 떨어댔는데 열을 받긴 했을까?

좀처럼 속마음을 읽을 수 없는 늙은이였는데 사실 무슨 생각을 하고 있든 내 알 바는 아니었다.

놈이 말한 대로 나는 모르는 게 많은 사람이다. 그러나 그것이 내 행보에 방해가 될 일은 없다.

필요한 것은 알아내면 그만이고, 때로는 모르는 게 더 나은 사실도 있기 때문이다.

예컨대, 세상에 혈화곡이라는 어린아이를 납치하고, 살인을 일삼고, 자기 수하조차 노예로 여기는 집단이 존재한다는 사실 같은 것 말이다.

합리적인 판단이 무엇이냐를 떠나서.

이런 놈들 때문에 열이 뻗치니 전장에서 얻은 심마가 자꾸만 날뛰고 내가 잠을 이룰 수가 없다.

다시 내려온 차를 홀짝거리는 동안 나는 어쩔 수 없이 맞은편에 앉은 늙은이를 유심히 관찰하게 되었는데.

그렇게 보니 몸 생김새가 여간 이상한 게 아니었다.

젊어서 무공을 익히고, 늙어서 허리가 굽는 건 그럴 수 있다.

그런데 꼽추인 것은 얘기가 다르다.

내가 알기로 꼽추는 선천적인 병인데 그런 사람이 무공을 저렇게 깊이 익힐 수가 있나?

불가능하다.

가능하다 해도 한계가 있을 터.

굽은 등을 빼놓더라도 오른편 어깨가 불편해 보였다.

나는 몸에 비해 유난히 커다란 혈화곡주의 손을 바라보다가 입을 열었다.

"곡주, 축골공(縮骨功)을 익혔나?"

혈화곡주가 처음으로 놀란 티를 내며 답했다.

"눈썰미가 좋군."

"원래 좀 예민한 편이라. 내상도 안고 있군."

"……."

잠시 생각한 혈화곡주가 인심 썼다는 투로 말했다.

"제안을 바꾸지. 밖의 넷을 전부 상대하고 살아남으면

내 제자로 받아주겠네."

"곡주, 내 스승은 육수천 장군 하나뿐이야. 그마저도 제대로 모시지 못한 죄인이 나다. 당신이 육 장군만 한 인물인가? 아무리 봐도 아닌데."

나는 어이가 없어서 헛웃음이 나오는 걸 숨기지 않았다.

"내가 역제안을 하지."

"말하게."

"혈화곡의 위치와 고독을 떼어낼 방법을 말해. 그러면 고통 없이 보내주마."

그제야 혈화곡주가 허울뿐인 예의를 거두고 감정을 내비쳤다.

"이 머리에 피도 안 마른 놈이……."

이해가 안 되진 않는다.

내상만 아니었다면 나를 손쉽게 제압할 자신감이 있을 터.

"들어와라."

혈화곡주가 말하자 이젠 넷이 된 혈화곡의 정예들이 역참으로 들어왔다.

"죽여라. 쓸 수 없는 놈이다."

나는 혈화곡주의 말이 끝나기 무섭게 앉은 자리에서 성한심결을 극성으로 일으켰다.

콰앙!

나를 중심으로 돌풍이 일자 탁자가 혈화곡주 방향으로

뒤집히고.

놈은 우장을 내밀어 탁자를 산산조각 냈다.

바람은 내 주변에 머물지 않고 역참 전체를 휘감고 돌았다.

"살수들."

놈들은 몸을 앞으로 숙여서 돌풍을 견디며 내 말을 들었다.

"언제까지 고독을 달고 노망난 늙은이의 노예로 살 셈이냐."

답이 돌아오지 않았다.

"개입하지 마라, 곡주와 일대일을 해야겠다. 같이 죽고 싶은 놈들은 덤벼도 좋다."

혈화곡주가 표정을 일그러뜨렸다.

"뭣들 하고 있느냐, 죽여!"

잠시 당황했던 살수들이 각종 병장기를 뽑아 들며 기파를 터뜨렸다.

검, 구절편, 철선에 아까 보았던 수투.

가장 간격이 긴 구절편과 철선이 먼저 날아들고.

나는 쌍겸을 상대했을 때처럼 창대로 막아내며 이번엔 높이 솟구쳐서 지붕을 뚫고 밖으로 나갔다.

"아주 지랄들을……."

솟구치는 와중에 검객과 수투는 나와 함께 뛰어올라 달

려들고, 왼쪽에선 철선, 오른쪽에선 길게 늘어난 구절편이 또다시 뻗어왔다.

허공답보(虛空踏步)를 쓸 줄 알았다면 간단하게 피했겠으나.

안타깝게도 쓸 줄을 몰라서 나는 창을 손바닥에 놓고 크게 돌려서 반투명한 막을 만들었다.

검막의 묘리와 비슷하니 창막(槍幕)이라 할 수 있다.

그러나 본래 전쟁터에서 화살이나 쳐낼 때 쓰던 기술이라 내력이 실린 살수들의 공격을 모두 막아낼 수는 없었다.

창막을 뚫으며 쇄도한 공격을 나는 바쁘게 쳐내며 다시 한번 튕겨 나갔다가 땅에 내려섰다.

"하는구나. 내 말이 어렵나?"

나는 곧게 서서 모용칠극(慕容七極)의 기수식을 펼쳤다.

성한심결을 가장 효과적으로 운용할 수 있도록 만들어진 전장의 마상창술(馬上槍術)이다.

좌우로 한 번씩 창을 돌리자 성한심결의 돌풍이 창에 부드럽게 휘감겼다.

재차 날아오던 철선이 맞바람에 밀려 힘없이 떨어지다가 뛰어오른 살수의 손에 들러붙었다.

네 사람은 어느새 합격진을 짜고 나를 포위한 상태.

"알기 쉽게 설명해 주마."

나도 길게 참을 생각은 없었다.

사실 다 죽이는 게 더 쉬운 길이기도 하다.

굳이 이렇게 말을 걸고 있는 건 내가 삼십칠 번과 만나서, 식사를 함께하고 오래 대화를 나누어봤기 때문이다.

이중에도 분명 삼십칠 번처럼 고뇌하며 오랜 세월을 살아남은 놈이 하나는 있을 터.

그 한 놈만 살릴 수 있으면 나머지는 볼일이 없다.

"내가 팽가의 의선(醫仙)을 안다. 내 뒷조사를 했다면 내 가문과 팽가가 연이 있다는 건 알겠지."

말하는 동안 모인 바람을 창대에 휘감았다.

"내가 살길을 열어주겠다. 투항해라."

모용가와 팽가는 오래된 인연이다.

내 고조부가 숙청에서 도망쳐 요녕에 자리 잡았을 당시, 상단을 열 수 있도록 지원해 준 게 팽가이기 때문이다.

해동(海東, 한반도)과 북해(北海)에서 들어오는 모든 상행은 반드시 심양을 거쳐서 북경에 도착한 뒤에 중원 전역으로 흩어진다.

협업 관계를 벌써 백 년 넘게 이어오고 있으니 내 아버지는 사적으로 팽가의 가주와 의형제이고.

나도 팽가의 직계 공자들을 그렇게 여겼다.

그러니 팽가주는 피가 섞이지 않았어도 내 백부가 된다.

마지막으로 본 게 십 년 전인가.

십 년이라면 강산도 변하는 시간이라곤 하나.

내가 아는 팽가의 사람들은 한 번 맺은 신뢰를 결코 배신하지 않는다. 내가 자리를 비운 사이에도 모용가와 팽가의 연은 이어져 왔을 테고 말이다.

살수들을 확인하고 남쪽, 북경으로 방향을 튼 건 이 때문이었다.

가진 무력이라곤 표국뿐인 모용가와 달리 팽가는 도법으로 천하제일을 논하는 가문이니, 살수 몇쯤은 달고 가도 아무런 문제가 없다.

그리고 팽가의 의선은, 내가 어릴 적 팽가의 공자들과 싸움박질하고 다칠 때마다 내 상처를 봐주고, 잔소리를 해주셨던 분이다.

오래전 팽가에 의탁했던 전대 의선에게 사사했다고 했나.

십 년 전에 뵈었을 때 아흔둘이셨고, 먹물처럼 짙은 흑발을 유지하고 있었다.

의외로 내 말에 가장 먼저 반응한 것은 혈화곡주였다.

"팽가의 의선이라?"

놈이 역참에서 걸어 나오며 말했다.

"이제 백 세를 넘겼을 텐데 살아 있긴 한가?"

"정정하시다."

아마도.

“의선이 아니라 화타(華陀)나 편작(扁鵲)이 살아 돌아와도 고독은 떼어낼 수 없다. 장수라는 놈이 혓바닥으로 이간질을 하다니. 육수천이 지옥에서 피눈물을 흘리겠구나.”

‘저 빌어먹을 놈이…….’

나는 놈의 도발에 말리지 않으려 심호흡했다.

여전히 돌풍은 나를 둘러싸고 휘몰아치는 상태.

물론 말 몇 마디로 살수 놈들이 투항할 거로 생각하지는 않았다. 아직은 나보다 혈화곡주가 더 두렵겠지.

그렇다면 한 놈은 반드시 죽여야 했다.

되도록 잔혹하게.

살수들이 곡주보다 나를 더 두려워하도록.

“내력에 비해 무위가 깊은 놈이다. 대문파의 장문인을 상대한다고 생각해라.”

혈화곡주가 말하자 살수들의 기도가 일변하고, 가장 먼저 수투가 내력을 극성으로 일으키며 덤벼들어 왔다.

순식간에 창의 간격 안쪽으로 들어온 수투의 일장을 막고.

나는 뒷걸음질 치며 거리를 벌렸다.

어쩐지 바람이 내 의도대로 움직이지 않아서 보니 철선도 마찬가지로 바람을 일으키고 있었다.

아무리 봐도 살수와는 어울리지 않는 병장기들에, 무공이다.

나는 그제야 이놈들이 일반적인 살수 집단이 아닐 것이라 확신했다.

수투가 우장을 내밀어 허공에 거대한 장력을 만들었다. 그것을 꿰뚫자마자 검객이 수투의 자리를 대신했다.

'아, 제기랄.'

하나씩 상대하면 어렵지 않을 텐데.

이놈들은 합격에 익숙했다.

도대체 어느 살수 집단이 합격을 연마한단 말인가?

나는 경공을 펼치며 더 빠르게 물러나 철선의 영향 범위를 벗어나서 절기를 준비했다.

이제 혈화곡주와도 거리가 꽤 멀어졌다.

저놈은 왜 쫓아오지 않는 것일까.

늙어서 경공을 펼치기는 싫나?

재차 창대에 회오리가 모이고, 나는 용맹하게 치고 들어오는 검객에게 중얼거렸다.

"너는 운이 안 좋구나."

그런 뒤에 왼발로 진각을 밟아 놈의 균형을 무너뜨렸다.

쿵-

복면을 쓴 검객의 눈이 흔들렸다.

나는 뒤에서 따라붙다가 급히 물러서는 수투와 눈을 마주치고, 검객의 복부에 창끝을 들이밀었다.

모용칠극의 첫 번째 절기, 유성창(流星槍)이 놈의 상체를 흔적도 남기지 않고 소멸시켰다.

콰우우웅-!

본래 투창으로 써야 하는 절기다.

창을 던지지 않으니 모여 있던 회오리가 한순간에 흩어지며 폭풍을 일으켰다.

흙먼지가 시야를 가리고.

뻗어오던 구절편과 철선이 힘없이 밀려 나갔다. 가장 가까이 있던 수투는 제 오른손을 땅에 꽂고 버텼다.

한 박자 늦게 허물어진 검객의 하반신에서 피가 새어 나왔다.

나는 눈이 뻑뻑해지는 것을 느끼며 살수들에게 말했다.

"마지막으로 말한다. 내가 혈화곡주를 죽여주마. 투항해라. 지금 내 손에 죽는 것보다 나와 함께 고독을 해결할 방법을 찾다가 죽는 게 나을 거야."

아직 흙먼지는 가라앉지 않았다.

전장에서도 종종 이렇게 공포를 조장해야 하는 상황이 있었는데, 그때마다 나는 심마를 키웠다.

난전에서 치열하게 싸우다가 상대를 죽이는 것은 그래, 어쩔 수 없는 일이라 치자.

나보다 약한 상대를 잔혹하게 죽이는 일은 언제나 쉽지 않다.

그러고서 마음이 평화롭다면 인간이 아니다.

뿌옇게 일어난 먼지를 보던 수투가 입을 열었다.

"삼십칠 번이 배신한 게 사실인가?"

"……?"

전혀 예상하지 못한 질문에 나는 고개를 갸웃했다.

"배신은 모르겠고 나와 이야기를 좀 나누긴 했지."

수투가 말을 이어가며 내게 덤벼들었다.

놈의 공격에는 혈화곡주로부터 멀어지려는 의도가 다분했다. 그러고 보니 놈이 가장 먼저 달려든 것도 이걸 노린 것 같았다.

나는 놈에게 맞추어주며 뒤로 경공을 펼쳤다.

"네가 죽였나?"

"죽여달라고 하더군. 고독 때문에 이틀 뒤에 죽는다고."

"살리려고 했다는 소리인가?"

"시간이 며칠만 더 있었다면 어떻게든 의선께 데리고 갔겠지."

"……."

파앙!

놈이 우장으로 창대를 크게 밀어냈다.

나는 또다시 뒤로 멀찍이 물러났다.

검객이 죽은 자리로부터도 십 장이 넘게 멀어졌고, 추스르고 일어난 철선과 구절편은 이제야 쫓아오고 있었다.

"정말로 곡주를 죽일 수 있겠나?"

내가 고개를 끄덕이자 놈이 무방비하게 다가왔다.

"믿어보지."

이놈이 무슨 생각을 하고 있을지 정확히 알 수는 없다. 일이 끝나고 얘기해 보면 될 터.

"좀 자고 있어라."

수투의 명치에 우장을 꽂고 놈이 의식을 잃은 걸 확인한 뒤에, 나는 철선과 구절편을 마주했다.

놈들은 수투가 스스로 내 일격을 허락한 걸 보았다.

"너희는 어떠냐. 죽을 생각인가?"

대답 대신 병장기가 날아들었다.

역참으로 돌아가니, 혈화곡주는 아까처럼 의자에 앉아 차를 마시고 있었다.

탁자가 없어서 모양이 안 살긴 했으나 나는 맞은편에 다른 의자를 가져와 앉았다.

곡주가 말했다.

"꼴이 말이 아니군."

나는 어느새 온몸을 피 칠갑한 상태.

구절편과 철선의 무위가 생각보다 깊었고, 상대해 본 적이 없었던 병장기들이라 좀 애를 먹었다.

"익숙하다."

"상처는."

"없지."

"이 쓸모없는 놈들……"

곡주가 쥐고 있던 찻잔을 깨뜨렸다.

"정체가 뭐냐. 내가 강호를 잘 몰라도 살수들이 이런 무학을 익히지 않는다는 것쯤은 알아."

"보면 알 게야."

곡주가 의자를 넘어뜨리며 자리에서 일어나서 허리를 폈다.

나는 앉은 채로 거리를 벌렸다.

"새파랗게 어린놈이라 모를 수도 있겠군."

그리고 놈의 몸에서 뚜둑뚜둑 소리가 나며 접혀 있던 뼈가 펴지고, 구겨져 있던 근육이 제자리를 찾아갔다.

"크으……."

침음을 낸 혈화곡주는 여전히 봉두난발의 백발을 하고 있었으나, 이제는 노망난 꼽추가 아니라 타락한 도가(道家)의 대종사 같은 모습을 하고 있었다.

동시에 기파가 터져 나왔는데 붉은색이었다.

그걸 보고 내가 떠올릴 수 있는 건 하나뿐이었다.

"늙은이, 혈교의 생존자였나?"

혈화곡주가 이를 갈며 내 말을 정정했다.

"혈광명교(血光明教)다."

내가 알기로 혈교는 삼십 년쯤 전에 마교에게 쓸려서 망했다.

정확히는 마교와 무림맹의 연합에 중원 남부에서 혈사를 일으키며 세력을 키우던 사교(邪教)가 응징당한 것이다.

정과 마가 손을 잡은 건 전례가 없던 일이라 중원인이라면 모르는 사람이 없는 사건이다.

당대의 천하제일인이 누구냐를 두고 다투었던 마교 교주와 무림맹주가 협심했으니 혈교가 살아남을 가능성은 없었을 터.

눈앞의 노인은 그 틈바구니에서 살아남은 독종이었다.

먼 옛날 황실의 숙청에서 살아남은 내 고조부처럼 말이다.

"내가 강호 최악의 세력을 상대하고 있었군. 한데 살수들의 무공이 마공은 아니었는데?"

오랜만에 축골공을 풀어서 속이 시원한 듯, 혈화곡주가 몸을 풀며 답했다.

"놈들은 도구고, 실험체다. 그런 놈들은 평생 자기가 뭘 하고, 어디에 속해 있던지도 모른 채로 죽는 게야. 힘이 없으면 그렇게 된다."

하여간 미친 새끼.

자리에서 일어나며 다시 기도를 일으키는데 곡주가 또 헛소리했다.

"모용겸, 지금이라도 투항하면 살려주마. 본교에 들어서 혈신(血神)의 탄생에 이바지해라. 후회하지 않을 것이다."

그러니까 이 새낀 대체로 제 하고 싶은 말만 하고 듣고 싶은 말만 듣고 사는 놈이었다.

이러니 대화가 통할 리가 있나.

나는 혈화곡주의 얼굴을 보다가 갑자기 누군가가 겹쳐 보여서 물었다.

"조충헌도 혈교 출신이냐?"

"……."

이것은 대충 뱉은 말이었으나 막을 수 없는 혓바닥의 절기가 되었다.

그렇다고 대답해도 이상하고, 아니라고 대답해도 이상한데 침묵하면 긍정이 되어버리는 미친 수였기 때문이다.

'이 쥐새끼들이 중원 여기저기서 잘도 살아남아 있었구나.'

조충헌을 끌어내릴 결정적인 단초를 얻었다.

선수필승이라.

나는 지체하지 않고 내력을 극성으로 일으키며 혈화곡주에게 달려들었다.

"이놈이!"

혈화곡주는 손바닥에서 붉은 실타래 같은 기운을 뽑아내었다.

나는 놈의 수위를 읽으려는 의도로 짧게 끊어 치는 찌르기를 반복했다.

탐색전이지만.

상대가 얕볼 수 없는 고수였기 때문에 가볍게 보이는 수조차도 어지간한 상대에겐 살초로 통하는 것이었다.

우리 주변으로 퍼지는 기파에 이미 너덜너덜했던 역참 건물이 무너져 내렸다.

싸움에는 전혀 지장이 없었다.

수를 나누는 와중에 떨어지는 대들보를 쳐내고, 잔해들은 기파에 밀려 날아갔다.

혈화곡주의 손가락에서 나부끼는 붉은 실과 창이 부딪칠 때마다 쇳덩이끼리 부딪치는 소리가 났다.

카카캉! 캉!

건물 무너지는 소리가 섞이고, 어느새 주변에 쇳소리밖에 들리지 않게 되었을 때 우리는 탐색전을 마치고 혈전에 돌입했다.

놈은 과연 살아온 세월이 부끄럽지 않게 지닌 내력이 깊었다.

그러나 내상 때문에 그 수발에 있어서는 나이만큼 자유로운 모습이 아니었다.

"곡주."

"……."

"어깨가 불편해 보이는군."

놈의 의도에 비해, 출수가 반 박자씩 늦었다.

"누구에게 당했나?"

수십 년 세월이 흘러도 회복할 수 없을 정도로, 오른편 어깨로 이어지는 혈도가 완전히 망가져 있는 듯했다.

공방의 주도권을 내가 쥐고 있는 상황.

수가 오가는 속도를 늦추며 나는 계속해서 말을 걸었다.

"전대 맹주? 마교주?"

"네놈이 입에 담을 만한 인물들이 아니다."

혈화곡주는 지금 상태로 나를 이길 수 없다고 생각했는지 무리하게 내력을 끌어올렸다. 출수가 늦으니, 그냥 내력으로 찍어 누르려는 의도였다.

그다음부터는 나도 입을 놀리며 싸울 수 없었다.

창에 닿을 때마다 흩어지던 핏빛 실타래가 손가락에 뭉쳐 조강(爪罡)으로 화했기 때문이다.

카캉! 캉!

손가락과 부딪칠 때마다 창날의 이빨이 조금씩 빠졌다.

'아, 이건 좀.'

나는 오히려 방어에 치중하여 거칠게 운용하던 내력을 줄이고 창에 집중시켰다.

그러자 흔들리던 투로가 안정되고 창날이 굳건하게 혈화곡주의 조법을 가로막기 시작했다.

저 상태를 오래 이어가진 못할 터.

모용칠극의 절기를 쓸 시간도 없고, 성한심결을 활용할 여유도 없으니 그냥 삼전창(三戰槍)만 펼쳤다.

검법으로 치면 삼재검(三才劍)에 대응되는 기초 창술이다.

여전히 밀려나는 상황이긴 했으나.

창과 몸을 무겁게 하고 잡스러운 움직임을 줄여서 나는 공방의 주도권을 되찾았다.

"……."

그러자 이번엔 곡주도 조강에 쓰는 내력을 줄이고 천천히 물러나기 시작했다.

의도는 뻔하다.

길게 싸워서 서로 유리할 게 없으니.

서로 절기를 준비하는 상황.

절기끼리 부딪치면 당연히 내력이 얕은 내가 불리하다.

무슨 기술인진 몰라도 혈화곡주가 합장을 하려 하기에.

나는 무게를 유지하며 다시 성한심결을 일으켰다. 곡주가 무리하고 있으니 나도 마냥 힘을 아낄 순 없는 노릇이다.

혈도가 끊어지는 듯한 고통이 일었으나 개의치 않았다.

본래 천천히 일으켜야 할 돌풍이 한순간에 터져 나오고.

나는 모용칠극의 두 번째 절기, 파극(波極)을 펼쳤다.

창끝에 일순간 내력을 집중시켜, 창날을 터뜨리는 기술이다. 일대일에서 이만큼 살상력이 좋은 기술이 없다.

창을 못 쓰게 된다는 번거로움이 있지만 말이다.

폭풍과 함께 깨진 창날이 혈화곡주에게 쇄도했다.

본래 절기를 펼칠 의도였던 혈화곡주의 합장은, 찰나에 공막(功幕)으로 바뀌었다.

파극이 공막을 절반쯤 뚫고 들어갔으나 완전히 깨뜨리지는 못하고 돌풍과 함께 혈화곡주를 멀찍이 날려 보냈다.

창날이 있던 자리엔 창대가 세 줄기로 찢어져 있었다.

날아가면서, 혈화곡주는 비명을 내뱉는 따위 추태를 보이지 않았다.

순간의 소강상태.

쓰러졌던 혈화곡주가 비틀거리며 일어서고, 나는 놈이 돌아오기를 기다려 주었다.

"곡주. 엄살 부리지 말아라."

혈화곡주는 입을 우물거리다가 검붉은 피를 바닥에 뱉었다.

"내상만 아니었다면 네놈 따위는……."

"그런 건 중요하지 않아."

내상이 어쩌니, 몸 상태가 어쩌니.

나는 그런 핑계 대는 법을 배우지 않았다.

"내가 모시던 분은 화살 석 대를 맞고도 적장과 일대일을 벌이셨었다. 그때 연세가 일흔이셨지. 멀쩡한 상태로 싸울 수 있는 날이 몇이나 있겠나? 전쟁에는 항상 최악의 상태로 임해야 하는 법이야."

"……."

혈화곡주는 나를 노려보다가 다시 기도를 일으키며 대답했다.

"네가 옳다."

이제야 나를 적수로 인정한 것일까.

인간이길 포기한 사마외도긴 하나 어찌 됐든 이자도 오랜 세월 무공을 익혀서, 한때는 적수가 몇 없는 경지에 다다랐던 자였다.

'겸아, 만류귀종(萬流歸宗)이다.'

'예.'

'나와 네 창술이 그 궤가 다르긴 하나, 극의(極意)에 다다르면 겉보기엔 똑같을 것이야.'

'명심하겠습니다.'

'정진하거라. 사내가 한 번 선택한 것에 있어서 후회를 남기면 안 된다.'

언젠가 육수천이 했던 말을 떠올렸다.

그리고 혈화곡주를 바라보니.

그곳에 한때 품었던 큰 뜻과 목표를 잃어버리고 아집만 남아버린 늙은이가 서 있었다.

"곡주."

나는 복부를 꿰뚫리고 쓰러진 늙은이를 향해 말했다.

"내상이 생각보다 깊었군."

혈화곡주는 그 뒤로 얼마 싸우지 못하고 제풀에 허물어졌다. 예상한 것이긴 했으나 싸움이 끝나고 보니 허망했다.

"혈화곡의 위치와 고독을 떼어낼 방법을 말해라."

망가진 혈도로 내력을 바닥까지 긁어낸 혈화곡주의 얼굴이 파리했다.

"……내가 죽으면 후환은 없을 것인데. 왜 굳이 혈화곡으로 가려 하느냐."

"아이들."

"뭐라?"

"네놈들이 납치한 아이들을 꺼내와야겠다."

"클클클. 협객(俠客)이라도 되려는 게냐?"

"몰라. 그냥 내 기분이 그렇다."

"모르는 게 많은 사내로고……."

순간 곡주의 눈에 이채가 어렸다.

회광반조(回光返照)다.

"혈신의 재림이 얼마 남지 않았거늘. 나는 끝까지 죄인이로구나."

나는 놈이 말을 이어가도록 내버려 두었다.

"모용겸, 너는 언제까지고 혈겁에서 벗어나지 못할 것이다. 혀, 혈신이 곧……."

그리고 놈의 눈에서 빛이 사라졌다.

마지막까지 하고 싶은 말만 하고 혈화곡주는 떠나 버렸다.

"지옥 가라."

흔적도 남지 않은 역참을 돌아보니, 다행히 말들 시체는 없었다.

멀찍이 떨어져 숨어 있던 적로가 푸륵거리며 다가와 내 얼굴에 묻은 피를 핥아주었다.

다른 말들 몇 마리도 함께였다.

나와 곡주의 싸움이 시작되었을 때 적로가 마구간을 부수고 다른 말들을 탈출시킨 모양이었다.

"잘했다."

나는 적로를 쓰다듬어 주고 널브러진 옷가지 하나를 주워 피를 닦았다. 그러고는 상처가 없는 말 한 마리 고삐를 잡고, 적로에 올라탔다.

수투가 쓰러져 있던 자리로 가니 놈이 일어나서 가부좌를 틀고 앉아 있었다.

이틀은 재울 생각으로 때린 것이었는데.

"튼튼하네."

내가 말하자 수투가 침음을 내며 답했다.

"유일한 자랑거리였지."

"일어날 수 있겠나?"

수투가 고개를 끄덕이고 일어섰다.

"혈도를 봉해야겠다. 뒤돌아라."

놈은 순순히 내게 등을 보였다.

"점혈은 잘 못 써. 죽을 것 같으면 소리를 질러라."

전장에선 점혈을 쓸 일이 잘 없다. 그래서 잡다하게 익히는 와중에도 등한시한 면이 있어서 혈도를 찍는 건 익숙지 않았다.

강호에서 살아가려면 제대로 배워야 할 것 같기도 하고…….

아무튼.

탁탁- 혈도를 짚자 수투가 곧장 각혈하며 허물어졌다.

"아프냐."

"참을 만하오."

놈의 말투가 달라졌으나 신경 쓰지 않았다.

"가자."

수투가 힘겹게 말에 오르고.

우리는 별다른 대화 없이 북경으로 향했다.

해 질 녘에, 우리는 가까운 마을에 도착했다.

북경까지는 말을 타고 가도 닷새는 걸리는 거리라, 나와 수투의 불편한 동행은 이제 시작이었다.

피가 눌어붙은 무복의 나와, 흑의의 수투가 말을 타고 지나다니자 사람들이 급히 가까운 건물로 들어가 숨었다.

어쩔 수 없는 일이었다.

우리는 객잔 하나를 찾아 들어가 방 두 개를 잡았다.

주인장이 두려움에 떠는 게 내심 마음에 걸렸으나 변명을 하기보다 제대로 돈을 내고, 말수를 줄이는 게 나을 것 같았다.

웃돈을 주며 부탁했다.

"평범한 무복 두 개만 구해주시오. 하루만 조용히 쉬다 갈 테니 너무 겁먹지 마시고."

"예, 예. 알겠습니다."

중년의 객잔 주인은 떨리는 손으로 돈을 받고 객잔 밖으로 후다닥 나갔다.

씻고, 옷을 갈아입은 뒤에 우리는 방에서 내려와 식탁에 앉았다.

술 마시며 떠들던 사람들이 우리를 보고 하나둘 자리에서 일어섰다. 미안한 마음에 다소 과하게 음식을 주문했다.

초반(볶음밥) 둘, 궁보계정 하나. 만두 한 판.

우리가 들어왔을 때 주방에 숨었던 어린 점소이가 어색하게 웃으며 물었다.

"대협, 술은 하십니까?"

나는 묵묵히 앉아 있는 수투를 보다가, 삼십칠 번과 물을 마시며 대화했던 걸 떠올리고 말했다.

"제일 비싼 걸로 한 병 내와."

오랫동안 쓸 일이 없었던 터라 수중에 돈은 많다.

"예, 알겠습니다!"

점소이는 척 봐도 비싸 보이는 두강주를 내어왔다. 나는 술과 음식이 식탁에 깔리고서야 수투에게 술을 한 잔 따라주고 입을 열었다.

"어디부터 얘기해야 할까. 내가 널 왜 살려두었는지는 알겠나?"

수투는 술잔을 물끄러미 바라보다가 한 모금에 털어 넣고 답했다.

"정보를 얻고 싶은 것이지 않소?"

"아니다. 그럴 거면 굳이 네가 아니라 다른 놈을 살려도 됐지."

나도 술을 마시고 말을 이어갔다.

수투가 제 잔과 내 잔을 다시 채웠다.

"네가 삼십칠 번을 언급했기 때문이다. 그 녀석과는 무슨 관계냐?"

"내가 그놈을 훈련시켰소."

"꽤 모질게 대했던 모양이야."

"변명은 안 하리다."

중간중간 음식을 집어 먹으며 우리는 대화를 이어갔다.

"넌 몇 번이냐?"

"사 번이오."

"삼십칠 번을 납치한 것도 너고?"

"그건 아니오. 그런 일은 질이 안 좋은 몇 놈을 골라서 시키지. 우리도 사람이고, 같은 처지다 보니 꺼리는 놈들이 있어서 그렇소."

믿을 수가 없었다.

"어차피 살수들인데 꺼릴 게 뭐냐."

"곡 내에서는 훈련만 시키고, 곡을 나오고 나선 교관이 아니면 돌아갈 일이 없소. 의뢰는 다른 곳에서 받고, 살수들도 하북 땅 각지에서 머물지."

"더 말해봐."

"자유가 완전히 박탈된 집단이 아니라는 소리요. 어디에 있든 고독 때문에 약을 받아야 해서 구속하지 않지. 그래서 더 무서운 집단이오. 의뢰를 잘 마치면 돈도 꽤 많이 주어지고."

점조직이었다.

한 번에 소탕하려 했는데 계획이 틀어졌다.

혼자서는 힘들 것이었다.

"애들을 납치하는 것도 웃돈을 주기 때문에 자처하는 놈들이 있소."

"너는 그러지 않았고."

"그럴 수 없었지."

"교관이 된 건."

"납치된 아이들은 열에 일고여덟이 죽소. 고독 때문이든, 훈련 때문이든……. 하나라도 더 살려보려 했소. 내가 겪은 게 있으니."

나는 그제야 삼십칠 번이 일찍 혈화곡에서 나와 살수 생활을 시작했음에도 자아를 지키고 있었던 이유를 이해했다.

이놈과 교류가 있었으니.

어떻게든 사람으로 남아야 한단 이야기를 많이 들었을 것이다.

나는 일부러 수투에게 물었다.

"혈화곡은 어떤 곳이냐."

"……."

잠시 고민한 수투의 입에서, 삼십칠 번이 얘기한 것과

같은 내용이 흘러나왔다. 그러니까 삼십칠 번은, 자기가 수투에게 들은 걸 내게 전달했을 뿐이었다.

물론 그 말이 자기 속에 사무쳤기 때문일 터.

"진작 탈출했어야 하는데. 이 고독을 어찌할 방법이 없었소. 의원을 찾아가 약을 보여주어도 만들지 못하고."

"알았다."

그 뒤로 나는 더 묻지 않고 음식을 비운 뒤에, 술만 마셨다.

방으로 올라가기 전에 말했다.

"사 번."

"말씀하시오."

"팽가로 갈 생각이다. 심문이 있을 거야. 가서 내게 얘기한 내용을 그대로 들려주면 된다."

"알았소."

"혈화곡으로 갈 때 너도 동행해라. 널 죽일지 살릴지는 그곳 아이들에게 물어보고 정하마."

"……그래야겠지."

"가서 자라."

수투가 그러잖아도 의문이었다는 듯 물었다.

"구속하지 않아도 되겠소? 혈도가 막혔다고 도망을 못 치는 건 아닌데."

삼십칠 번이랑 똑같은 걸 물어서, 나도 전과 같이 답했다.

"도망칠 수 있을 것 같아?"

"아니오, 괜히 물었군."

"아침에 보자."

"쉬시오."

혈화곡이 점조직이란 걸 알게 되어 지체할 시간이 없었다.

곡주가 죽었다는 소식이 전해지면 일제히 사업을 접고 그림자 속으로 숨어들리라.

그러면 후환을 끊으려 했던 내 계획이 완전히 어그러져 버린다.

다음 날 아침부터 우리는 강행군으로 이동했다.

본래 닷새가 걸릴 거리를 사흘에 주파하니.

우리는 지친 채로 북경 내성(內城)으로 들어가는 성문 앞에 다다랐다.

검문받기 위해 줄을 서서 기다리는 사람들이 많았다.

"괜찮나?"

내상을 입은 채로 제대로 쉬지 못한 수투는 사색이 되어 있었다.

"견딜 만하오."

고집이 있는 놈이었다.

그러니 혈화곡에서 그렇게 오랜 세월 탈출을 포기하지 않았겠지.

"죽을 것 같으면 얘기해라."

"알았소."

일각쯤 기다렸을까.

갑자기 줄 서 있던 사람들이 흩어지고 앞쪽에서 진청색 무복을 입은 일대(一隊)의 무인들이 우릴 향해 걸어왔다.

가슴팍에 금빛으로 수놓인 맹(盟) 자가 선명했다.

무림맹 하북지부의 검대였다.

우리가 이동하는 사이에, 아마 여러 곳에서 신고가 들어간 듯했다.

정체불명의 무인들이 북경으로 향한다고.

"병장기를 버려라!"

서른 명 무인 사이에 홀로 백색 무복을 입은 사내가 검을 뽑아 들며 소리쳤다.

나와 동년배거나 오히려 더 어려 보였는데 나이에 비해 느껴지는 내력이 깊었다.

게다가 무림맹원에게 주어지는 것이라기엔 다소 고급스러운 검을 들고 있었고, 얼굴도 반반한 데다 자신감이 넘치는 걸 보아하니…….

어디 세가 출신의 도련님인 듯했다.

"벽안귀, 이렇게 뻔뻔하게 성내로 들어오려 하다니 본맹이 우스워 보였나?"

단단히 오해를 사버린 모양.

벽안귀가 누군데?

"소협, 나는 그런 사람이 아니오만."

그러자 검대주가 종이 한 장을 꺼내 내력을 실어서 빳빳하게 굳히고, 내게 날려 보냈다.

잡아채고 보니 용모파기였다.

-별호: 벽안귀(碧眼鬼)

-포상: 통용 은자 일백 개.

-특징 : 별도의 무기를 휴대하지 않으며 기마술과 변검술에 능함. 병장기나 외모가 아닌 눈 색으로 판단하고 의심 가는 인물이 있으면 곧장 신고 요망.

눈 외에는 이목구비가 제대로 그려져 있지도 않았다. 나는 기가 차서 용모파기를 다시 돌려준 뒤에 말했다.

"이건 그냥 퍼런 눈 아무나 잡아 오란 소리 아닌가?"

"잡아놓고 아니면 풀어주면 그만이다. 사마외도의 손에 무고한 사람들이 봉변당하는 것보단 낫지."

틀린 말은 아닌데.

또 맞는 말도 아니라서 말문이 막혔다.

바로 며칠 전에 답답한 마도를 상대하다가 이번엔 답답

한 백도를 만나 버렸다.

나는 적로에서 내리며 말했다.

"검대에 혹시 팽가의 무인이 있소? 나를 알아볼 수도 있는데. 요녕성, 모용가 가주 모용현소(慕容賢簫)의 셋째 아들 모용겸이라 하오."

오랜만에 예법에 맞추어 인사하려니 혀가 꼬일 뻔했다.

말이 끝나기 무섭게 검대원들 사이에서 '엇!' 하고 놀라는 소리가 들렸다.

검대주가 소리 낸 놈을 불렀다.

"팽진후, 앞으로 나와라. 아는 자냐?"

맹원들 사이에서 덩어리 하나가 급히 앞으로 튀어나왔다.

팽씨 혈족은 본래 태생 신력을 타고나서 남들보다 덩치가 큰 편이다.

나는 반가운 얼굴을 보고 인사했다.

"진후야 오랜만이다."

어릴 적 치고받고 싸우던 팽가주(彭家主)의 조카 중 한 놈이었다.

7장
하남신룡 백리연

팽진후는 나보다 한 살이 많은데 형이라 불러본 기억이 없다.

어릴 적 나는 팽가주의 아들들과 주로 놀았고, 그의 조카들은 그런 나를 시기했었기 때문에 사실 사이가 좋은 편은 아니었다.

그래도 그건 철없던 시절의 이야기고.

전장을 나와 처음 만난 아는 얼굴이라 좋은 말로 인사한 것인데.

"……진짜 모용겸이냐?"

"그럼, 가짜겠냐? 이런 얼굴이 또 어딨다고 못 알아봐?"

"이공자 따까리 모용겸?"

험한 말이 되돌아왔다.

'저 새끼가 좋게 말해줬더니 미쳤나.'

생각해 보니 팽진후는 옛날부터 눈치가 좀 없는 편이었다.

"전장에 나가서 뒈졌다고 들었는데."

험한 말엔 응당 험한 말로 응대해 줘야 하는 법이다.

말로 끝나면 다행이지.

입을 열려는 찰나에 검대주가 나 대신 호통쳤다.

"팽진후! 할 말만 똑바로 해라, 모용겸 공자가 맞느냐 물었다."

"죄, 죄송합니다! 모용겸이 맞습니다. 모용가가 본가와 연이 있어서 안면이 있습니다. 다만, 십여 년 전에 본 게 마지막이라……."

"마지막이라 뭐."

"제가 알기로는 전장에 나가서 죽은 인물입니다."

나는 쩔쩔매는 팽진후를 보면서 화를 좀 가라앉히고 말했다.

"왜 멀쩡하게 살아 있는 사람을 죽이고 그러냐, 진후야."

팽진후가 나를 보며 눈을 흘기고, 검대주가 다시 물었다.

"팽진후, 확실하게 말해라."

"모용겸 공자가 맞습니다."

"들어가."

"예, 옙!"

아무리 봐도 나보다 어린놈인데.

팽진후가 검대주를 대하는 태도가 내가 아는 멍청한 덩

어리 같지 않았다.

검대주는 군더더기 없는 동작으로 납검한 뒤에 내게 포권을 취했다.

"모용겸 공자, 실례했소. 백리세가(百里世家) 가주 백리선(百里瑄)의 둘째 아들 백리연(百里聯)이라 하오. 근래에 흉흉한 사건들이 많아 조금 예민하게 반응했소. 사과드리오."

백리세가라면 검가(劍家)로 유명한 오대세가의 일각이다. 과연 세가의 도련님답게 엄격하게 교육받은 티가 났다.

험한 말에 험한 말로 대응하는 게 도리라면.

이런 사과를 받아줄 줄 아는 것도 사람의 도리다.

"괜찮소. 오해할 만도 했으니."

"일행의 신분도 밝혀줄 수 있겠소? 기분 나쁘게 듣지 마시오. 그대가 흑의인을 데리고 있다는 신고가 있어서 묻는 것이오."

"나를 노리려던 살수요. 쓸데가 있어서 살려두었지."

"모용 공자."

아, 말투가 좀 이상한데.

"말씀하시오."

"미안하지만 성내로 살수를 들일 수는 없소. 그러고 싶다면 이 자리에서 우리에게 인계하시오. 우리 지부에서 감금하리다."

"……."

정론이어서 할 말이 궁색했다.

빨리 팽가로 데려가서 심문하고 혈화곡 토벌단을 꾸려야 하는데.

주변에 사람이 많아서 말을 꺼내기도 애매했다.

"불가. 이놈은 내가 전쟁을 벌여서 얻은 포로요. 신병을 넘길 수는 없소."

"맹을 신뢰하지 않는 것이오?"

"내가 멋대로 살린 목숨이니 죽이든 살리든 내가 책임을 져야지. 이놈의 생살여탈권은 내 것이오. 무림맹주가 와도 양보하지 못해."

이것도 정론이다.

백리연은 잠시 고민하더니 검을 뽑았다.

굳이 내게 이렇게 시비를 걸 이유가 없을 텐데.

"그러면 이 자리에서 실력을 증명하시오. 중년의 살수를 통제할 수 있는 이십 대 무인이라……. 믿을 수가 없군."

스물도 안 되어 보이는 놈이 나이를 들먹이다니.

무표정으로 일관하고 있었으나, 백리연의 입꼬리가 미세하게 떨리는 것을 나는 놓치지 않았다.

그러고 보니.

이놈은 그냥 처음부터 나와 싸워보고 싶었던 것 같았다.

무인들끼리 의견 맞지 않는 일이 생기면 응당 비무로 결론을 봐야 하는 법이다.

생사결(生死結)인지 아닌지는 차치하고서라도.

“백리 공자, 싸우고 싶었으면 그냥 한판 붙어보자고 하면 됐는데.”

지금은 생사결로 몰아갈 분위기는 아니었다.

내가 자기 생각을 읽었다는 걸 알고 백리연이 웃으며 답했다.

“듣자 하니 군부 출신이라고.”

“맞소.”

“군부에 창술의 고수들이 많다고 들었소. 그대는 어느 정도 위치였소?”

창 한 자루로 갈 수 있는 꼭대기라 하면 믿을까.

“나쁘진 않은 편이었지.”

굳이 밝히지 않았다.

“강호에는 창을 쓰는 자가 잘 없소. 언젠간 한번 상대해보고 싶다고 생각했지.”

그렇게 말하는 백리연의 눈은 싸움을 앞두고 형형하게 빛나고 있었다.

백도답게 자신에게 엄격한 면이 있으나.

싸움을 즐기는 성정도 겸비한 자였다.

나는 등에서 이제는 봉이 되어버린 창을 끌러 들었다.

백리연이 맹원들을 향해 자신만만하게 말했다.

"무슨 일이 있어도 끼어들지 마라. 모용 공자와 나의 일대일이다."

맹원들도 별로 걱정은 안 하는지 우렁차게 대답했다.

"예, 대주!"

나는 그들을 보면서 처음 백인장으로 승격됐던 날을 떠올렸다.

내가 속해 있던 백인대의 선배가 죽어서 그 자리를 대신하게 된 것이었다. 그때 내가 열일곱이었나, 열여덟이었나.

아마 백리연도 비슷한 나이일 것이라 짐작했다.

성문 앞에서 싸움이 벌어지려 하자 뒤에서 기다리던 사람들이 원형으로 우리를 에워쌌다. 그리고 멀리 있던 사람들도 소란을 듣고 모여들고 있었다.

"백리 공자, 보아하니 꽤 유명한 듯한데 별호가 있소?"

"……"

지금껏 당당하게 말하던 백리연의 말문이 잠시 막혔다. 입꼬리가 살짝 씰룩이는 것을 보아하니 제 입으로 말하기가 부끄러운 모양이었다.

부대주로 보이는 인물이 대신 말하려 했으나 백리연이 제지했다.

"과분하게도, 하남신룡(河南神龍)이라 불리고 있소."

신룡은 후기지수 중 으뜸가는 자들에게 붙는 별호다. 드넓은 중원의 수많은 젊은이 중에 손꼽는 실력자라는 소리였다.

군문에 들기 전까지 내가 들었던 내용으로.

보통은 이십 대 초중반의 무인에게 주어지는 별호인데 아무리 봐도 백리연은 스물을 넘지 않아서 물었다.

"너무 어려 보이는데 나이가 어떻게 되시오?"

"열여덟이오. 그게 중요한가?"

무인다운 성정이다.

"중요하지 않지. 자리를 옮겨도 되겠소? 구경꾼이 너무 많군."

"나와 손을 섞었다는 것만으로 그대 이름을 사람들이 알게 될 것인데."

"아직은 때가 아니오."

모용가의 세력을 더 키우기 전까지는, 내 이름이 울려 퍼져서 좋을 게 없다.

유명세가 늘면 적이 많아지는 건 필연이다.

내 이름을 떨치기 전에 먼저 모용가의 내실을 단단히 하는 게 우선일 터.

적어도 내가 살수에 쫓기고 있더라도 걱정 없이 집으로 돌아갈 수준은 만들어야 했다.

지금 당장 얘기는 아니지만 아무튼…….

백리연은 구경꾼들을 둘러보더니 이런 자리에 무공을 드러내서 자기도 좋을 게 없다는 걸 알고 제안을 승낙했다.

"맹으로 가지. 참관인도 제한하겠소."

무림맹 하북지부는 외성 안쪽, 농민들이 사는 마을과 멀지 않은 장원이었다.

특별한 장식이 없는 건물에 드넓은 연무장이 인상적이었다.

건물 자체가, 우리는 무에 뜻을 두고 협을 행하는 것 외에 아무런 관심이 없다고 말하는 듯했다.

비무대도 수십 명 단위로 전술 훈련을 할 수 있을 정도로 넓었다.

백리연의 명령으로 맹 측의 참관인은 부대주만 남았다.

내가 끼어들어서 한 명을 추가했다.

"팽진후, 너도 남아라."

떠나려던 팽진후가 떨떠름하게 답했다.

"난 왜?"

"괜히 나중에 또 시비 걸다가 처맞지 말라고."

옛날의 내가 아니다.

이놈이 아무리 멍청해도 보면 알겠지.

수투는 무림맹과 마주친 뒤로 한 번도 입을 열지 않았다. 묵묵히 비무대 위의 나를 바라보는데 시큰둥해 보였다.

하나 마나인 비무라 생각하기 때문일 터.

다만 안색이 안 좋은 게 심문하기 전에 빨리 기본적인 치료라도 받게 해야 할 것 같았다.

나는 겉면에 상처가 많은 창대를 만지다가 생각을 고치고 수투에게 말했다.

"검 줘봐."

수투는 말없이 허리춤에서 제 검을 빼어 던져주었다. 검환(劍環, 코등이)이 없고, 다소 짧은 대신 굉장히 가볍다.

그러자 맞은편에서 몸을 풀던 백리연이 말했다.

"분명 창술을 상대하고 싶다고 말했을 텐데. 자만하지 마시오. 내 별호는 허명이 아니오."

"백리 공자."

"……."

"원래 이럴 시간이 없는데 내가 놀아주고 있는 것이오."

백리연이 이를 악다물자 뺨에 힘줄이 솟았다.

"내가 이기면 곧장 팽가장으로 튀어가서 도제(刀帝)를 모셔 오시오. 지부장은 자리를 비웠나?"

"군부 출신이 광오하단 얘기를 듣진 못했는데."

"나는 세가 출신이 광오하단 얘길 많이 들었소."

시간을 끌지 않으려고 곧장 성한심결을 일으켰다.

"살초는 서로 자제하지. 재능 있는 아우를 죽이고 싶진 않아."

내가 대충 검을 휘두르며 도발하자 백리연이 입술을 깨물며 달려들었다.

카앙! 캉!

몇 차례 검이 부딪치는가 싶더니.

비무대 위에 돌풍이 일고.

콰우우웅-!

회오리와 함께 백리연의 신형이 허공을 날았다가 바닥에 부딪혀 데굴데굴 굴렀다.

그래도 백리연은 악바리처럼 상대에게 달려들었으나 절초를 펼치기는커녕 검로조차 제대로 뻗지 못했다.

부대주와 팽진후는 자신들이 보고 있는 광경을 이해하지 못했다.

하남신룡, 후기지수 중 다섯 손가락 안에 꼽는다는 건 서른만 되어도 강호 백 대 고수에 가볍게 발을 걸칠 고수라는 의미다.

부대주가 먼저 입을 열었다.

"진후야."

"어……. 예."

"모용 공자가 어릴 때도 저렇게 강했나?"

"아닙니다. 무공은 전혀 모르는 놈이었는데."

"마지막으로 본 게 열두 살이라고?"

"듣기로 열넷까지도 무공을 익히지 않았었습니다."

"그러면 십 년도 수련하지 않고 저 수준이라는 건가?"

"예, 예. 그렇게 됩니다."

말해놓고 팽진후는 생각했다.

'근데 그게 말이 되나?'

어릴 적 무공을 모르면서도 아득바득 덤벼드는 모용겸을 쥐어박아 주던 게 엊그제 같은데 지금 보이는 무위는 대체 무엇인가?

누구에게든 물어보고 싶어서 옆을 보니 살수 놈은 온몸을 벌벌 떨면서 비무를 지켜보고 있었다.

곧 쓰러질 듯 보였다.

나는 백리연을 죽이지 않고 제압하려고 힘 조절을 하고 있었는데.

막상 그러기는 쉽지 않은 상대였다.

나이에 비해 지닌 내력이 굉장히 깊었다.

나름 무르익은 무인이라는 혈화곡의 정예 살수들과 비

교해도 밀리지 않을 정도.

이상한 일은 아니다.

보통 이름난 세가의 후계자들이라 하면, 유년기에 벌모세수(伐毛洗髓)를 받고 온갖 영약을 다 처먹으며 무공을 수련하기 때문이다.

퍼억!

덤벼드는 백리연을 걷어차고 수투를 보니 앉아서 죽기 일보 직전이었다.

'염병…….'

살리는 거까진 좋았는데 병시중까지 들어야 할 줄이야.

나는 검에 가볍게 회오리를 실어서 백리연에게 던졌다.

막으라고 날린 건데 백리연은 바닥을 구르며 검을 피하고 다시 일어섰다.

나려타곤(懶驢打滾)이라?

당장 실력이 뛰어나진 않았으나 여느 백도처럼 체면 차리며 싸우는 놈은 아니어서 싹수는 보였다.

일어난 백리연의 명치에 정확하게 우장을 쑤셔 넣었다.

"커헉!"

신물을 뱉고 백리연이 기절했다.

부대주와 팽진후가 튀어 올라와 백리연을 부축하고, 나는 곧장 비무대 아래로 내려가 수투를 살폈다.

"죽을 거 같으면 얘기하라니까."

"싸움을 방해할 수야 있나."

나는 호들갑 떠는 무림맹 놈들을 향해 소리쳤다.

"팽진후!"

백리연을 업고 내려온 팽진후가 눈을 동그랗게 뜨고 나를 바라보았다.

"당장 백부님 모셔 와라. 의선 어르신이랑."

"그런 놈 살리려고 태상장로님을 모셔 오라고?"

어쩔 수가 없어서 내막을 밝혔다.

"이놈은 혈교 휘하 세력 살수다. 이놈이 죽으면 놈들 잡을 길이 영영 사라진다. 빨리! 여기도 의원이 있나? 있으면 당장 데려와!"

부대주라는 놈도 횡설수설하긴 마찬가지였다.

"혈교라고 하셨소?"

"묻지 말고 데려오라면 데려와!"

비무대에서 이 난리를 떨었는데 지부장 놈은 대체 어디서 뭘 하고 있길래 모습을 보이지 않는가?

뒷골이 당겨서 나도 모르게 살기를 드러내자.

그제야 정신 차린 팽진후가 백리연을 부대주에게 맡기고 답했다.

"아, 알았다. 잠시만 기다려."

팽진후가 경공을 펼쳐 외원을 나가고, 수투 놈이 고꾸라져서 바닥에 누웠다.

부대주는 수투 옆에 백리연을 눕히고 어물거렸다.

"혈교라니……."

"부대주, 점혈을 익혔나?"

"예, 조금은."

"고통이라도 덜어줘. 나는 못 한다."

부대주가 혈도를 찍기 위해 수투의 앞섶을 열고 질겁했다.

"고, 고독!"

"지랄 말고 빨리. 이놈 죽으면 무림맹 하북지부는 오늘로 문 닫는다고 알아라."

8장 팽씨들과 기연

무림맹 의원이 급히 응급처치 하고, 의선이 도착해서야 제대로 된 치료에 들어갔다.

오랜만에 본 어르신인데 제대로 인사도 하지 못하고 나는 안내받은 집무실에서 팽가주와 함께 의선을 기다렸다.

"백부님, 오랜만에 뵙습니다."

하북팽가 십이 대 가주 팽연호(彭聯浩).

이름 높은 당대 도제는 내가 기억하는 모습과는 조금 달랐다.

머리숱이 희끗희끗해졌고, 호랑이 같던 기색은 가라앉아 중후한 분위기를 풍겼다.

턱수염을 매만지며 그는 나를 유심히 관찰했다.

"내가 알던 그 말썽꾸러기 모용겸이가 맞느냐?"

도저히 믿기지 않는다는 말투.

"그 친구는 죽었습니다."

"너는 그럼 뭐냐."

"저도 아직 잘 모르겠습니다."

도제의 눈시울이 붉어졌다.

이건 예상 못 했는데.

"전장에서 일이 많았던 모양이구나."

"……예."

"고생했다."

어색하다.

십 년 만에 얼굴을 비치고 대뜸 혈교의 살수 놈을 살리라 하니 좀 혼날 줄 알았는데.

나이를 먹으셔서 그런가.

나는 비어 있는 그의 찻잔에 차를 따라주고 말을 이어갔다.

"죄송합니다. 서찰이라도 좀 적었어야 했는데."

"살아 돌아왔으니 괜찮다. 현소가 네 걱정을 많이 했다. 재작년쯤에 와서 네가 죽은 거 같다고 어찌나 울던지……."

내가 아는 한 아버지도 쉬이 눈물을 보이실 분이 아니다.

많이 늙으신 모양이다.

바로 얼마 전까지 속이 부글부글 끓던 게 싹 가라앉았다.

"사진 형과 사운이는 어떻게 지냅니까?"

팽사진(彭思進), 팽사운(彭思澐).

팽가의 대공자와 이공자.

내 의형제들이다.

"지금 무림맹 본단에 가 있다. 네가 왔다고 하면 좋아했을 텐데……."

팽사진은 나보다 일곱 살이 많아서 이제 가문을 이어받을 준비를 하고 있을 테고, 팽사운은 나랑 동갑이다.

"네가 찾던 지부장이 사운이다."

그래서 없었구나.

이놈도 나름 직책을 얻고 제 형을 도와주고 있는 모양이었다.

"꽤 강해졌나 봅니다, 사운이도."

"아직 멀었다."

그렇게 말하며 팽연호가 내 기도를 훑었는데, 팽사운과 비교하고 있는 듯했다.

그때 정신을 차린 백리연이 집무실로 들어와서 인사했다.

"안녕하십니까, 가주님."

"오냐. 앉아라."

앉기 전에 백리연은 내게도 포권을 취하며 말했다.

"모용 공자, 한 수 배웠소."

"앉으시오. 내가 마음이 급해서 비무가 비무답지 않았소. 급한 일이 있으니 마무리만 되면 언제든 다시 상대해 드리리다."

새파랗게 어린놈들이 서로 예를 갖추고 있는 걸 보다가 팽연호가 웃었다.

"연아, 여기 모용겸 공자는 사운이와 의형제 지간이다. 네가 사운이와 호형호제하고 있으니 앞으로 이놈도 형으로 모셔라. 겸이 너는 아우로 대하고."

'갑자기?'

당황했긴 백리연도 마찬가지인 듯 잠시 말문이 막혔다.

팽씨들이 다른 오만한 세가와는 다르게 이렇게 털털한 면이 있다. 그러니 아무것도 없는 모용가에 호의로 지원을 해주었을 터.

내 아버지는 무공을 전혀 모르는 상인인데, 팽연호가 아버지를 존중하고 아우로 대하는 게 그런 성격의 방증이다.

그리고 난 그런 걸 보며 자란 사람이다.

편하게 지내면 좋지 나쁠 게 뭔가.

"백리 공자, 그래도 되겠소?"

"아, 예. 편하게 하시지요."

"연 아우도 말 편하게 해."

뱉어놓고 나도 어색해서 괜히 차를 들이켰다.

"겸아, 네가 데려온 자가 혈교의 살수라고?"

"예."

"왜 살렸느냐."

"혈교 세력이긴 하나 수하들은 자기들이 혈교라는 것도

모르고 이용당하던 놈들입니다. 고독 때문에 어려서부터 강제로 살수가 된 놈이지요."

"그게 살릴 이유가 되진 않아. 강제되었다고 해도 결국 살수는 살수다."

"그래서 고민 중입니다."

"무엇을?"

"일이 끝난 뒤에 살려두어야 할지 말아야 할지……."

팽연호가 고개를 끄덕이고 말했다.

"겸아."

"예."

"본래 살리는 게 죽이는 것보다 어렵다. 어린 나이에 제 실력을 과신하는 멍청한 놈들은 이걸 모르지만……."

백리연이 차를 마시다가 헛기침했다.

"너는 알 것이야."

"맞습니다."

"깊게 고민해 보고 결정해라. 살려놓으면 그만큼 책임을 져야 하니."

"명심하겠습니다."

팽연호에게 자초지종을 설명했다.

그러자 팽연호는 즉각 맹원 하나를 부르더니 하북 각지의 흑시(黑市, 암시장)를 조사하라 이르고 하오문(下汚門)과 개방(丐幇)에 보낼 서찰을 썼다.

"혈교가 개입되었다 하면 너 혼자 해결할 일이 아니다. 점조직을 상대해야 하니 정보전이기도 하지. 사흘 내에 정보를 추릴 테니 기다려라."

과연 잔뼈 굵은 무인답게 대처에 망설임이 없었다.

"예."

"혈화곡 본진이 어디에 있다고?"

"창암산에 있다고 했습니다."

"거기는 직접 갈 생각이구나."

"맞습니다. 전대(戰隊) 하나만 내어주십시오."

"다루기가 쉽지 않을 텐데."

나는 웃으며 답했다.

팽가의 전대들 분위기를 알기 때문이다.

"휘어잡아 보겠습니다. 혹시 마음에 안 드는 놈들이 있으시면 더 좋습니다. 겸사겸사 정신교육을 좀 시켜놓지요."

사흘이면 충분하고도 남는다.

"군부에 들어가더니 장수가 되어서 왔구나. 오전대(五戰隊)를 내어주마. 참고로 지금 대주가 팽천후다."

팽천후는 팽진후의 형이다.

나와 팽사운이 어릴 적 팽가장에서 골목대장 놀이를 하던 시절 주적이었던 게 팽천후의 세력이었다.

팽진후는 당연히 그쪽 편이었고.

"오히려 좋습니다."

"좋다, 맡기마. 치료가 시간이 좀 걸리는구나. 나는 먼저 일어나야겠다. 연아."

"예, 가주님."

"일이 마무리되면 겸이와 함께 와라. 네 옆방을 내어주고."

"알겠습니다."

백리연도 팽가장에 머물며 검대주 노릇을 하는 것이었다.

팽연호가 떠나고, 우리는 기다리는 동안 소소하게 이야기를 나누었다.

"연 아우. 백리세가 출신이 왜 여기까지 와서 무림맹에 몸담고 있나?"

"제 별호가 하남신룡이라 말씀드리지 않았습니까."

"그랬지."

"사운 형이 하북신룡입니다."

아하.

"신룡끼리 서열을 정리하려 했구나."

"제가 대차게 깨지고 다시 도전하려고 눌러앉았지요. 그게 벌써 일 년 전입니다."

예상한 대로 싸움이라면 사족을 못 쓰는 놈이었다.
“오늘 또 졌네?”
“그러게요.”
“아까 성문 앞에서 덤볐으면 어쩔 뻔했냐.”
좀 놀리니 백리연의 입꼬리가 씰룩거렸다. 감정을 숨길 때 나오는 버릇인 모양이었다.
“사운이가 언제 돌아오지?”
“석 달은 걸릴 겁니다.”
“일이 끝나고 나면 내가 지도 대련을 좀 해주마. 사운이 실력은 몰라도 연 아우 실력이 나아지긴 할 거야.”
나는 병사들을 훈련시키는 데 이골이 난 몸이다.
강호인도 별반 다르지 않을 터.
자존심이 상해서 굳어 있던 백리연의 얼굴이 그제야 펴졌다.
“부탁드리겠습니다, 형님.”

해가 저물고 늦은 밤이 되어서야 의선이 밖으로 나왔다. 나와 백리연은 그 앞에서 기다리고 있었다.
“어르신.”
내가 부르자 의선이 두리번거리다 내 쪽을 바라보았다.

기억 속의 짙은 흑발은 온데간데없고 정말 신선처럼 하얗게 물든 머리칼에 눈 또한 새하얬다.

묘령의 여인이 그를 부축하여 내 앞으로 데리고 왔다.

앞서 그와 인사를 나누지 못한 건.

눈이 먼 그가 나를 알아보지 못하고 곧장 의당으로 들어갔기 때문이었다.

팽가의 의선, 팽윤(彭輪)이 더듬더듬 내 얼굴을 만졌다.

"많이 컸구나."

"어르신, 눈은 어찌……."

"나이를 먹으니 의술로 어찌할 수 없는 것도 있더구나. 사 년 전부터 갑자기 이렇게 됐다."

팽연호를 만났을 땐 괜찮았는데.

별호처럼 정말 신선이 되어버린 팽윤을 보자 가슴이 아려왔다.

십 년 전만 해도 팽윤은 겉보기엔 아버지나 팽연호와 연배가 비슷해 보였다. 그래서 아무 생각 없이 아저씨, 아저씨하고 불렀던 기억이 있다.

물론 그를 볼 때는 팽사운과 비무를 하거나, 팽천후 패거리와 싸움박질하다가 다쳤을 때여서 많이 혼나기도 혼났다.

'야 이놈아, 이젠 상대가 안 될 텐데 왜 자꾸 덤벼서 다

쳐와?'

'저도 한 대 때렸는데요.'

'지독한 놈, 어휴.'

열두 살 때 비무를 하고 다쳤을 때였다.

팽사운은 이미 몇 년 동안 무공을 익힌 상태였고 나는 그런 거 모르는 애새끼였으니 그냥 싸움박질이라 하는 게 맞긴 하다.

'너도 무공을 배워놓고 친구한테 그렇게 주먹을 휘두르면 쓰나!'

딱-

머리통을 얻어맞은 팽사운은 이렇게 항변하곤 했다.

'이 새끼가 자꾸 덤비는데 어떡해요!'

'뭐? 새끼? 새끼이? 이놈 자식 연호가 어른들 앞에서 그렇게 말하라고 가르치더냐? 안 되겠다 내 오늘 이놈을…….'

우리가 싸우고 팽윤한테 혼나는 건 괜찮았으나 팽연호가 소환되는 건 또 다른 얘기라 그러면 우리는 뒤늦게 벌벌 기었다.

'아아, 아버지는 안 돼요. 죄송합니다.'

'죄송합니다.'

'이, 이 썩을 놈들…….'

그런 일이 삼 일에 한 번꼴로 있었으니 아마 팽윤이 호호백발이 된 데는 우리 지분이 절반 정도는 있지 않을까.

그런 생각을 하며 팽윤을 보니, 어느새 그는 내 손목을 잡고 있었다.

나는 그의 의도를 알아차리고 살피기 편하도록 겉으로 드러나는 내력을 최대한 죽였다.

팽윤의 진기 한 줄기가 내 몸을 훑고 지나갔다.

본래 무인이라면 타인에게 손목을 내어주는 짓은 금물이나, 내가 의선에게 그러는 것은 다른 이야기다.

"음."

고개를 끄덕인 팽윤이 옆에 선 여인에게 말했다.

"소령아, 이놈 안색이 어떠냐."

여인이 팽윤의 눈 노릇을 하는 모양.

"전체적으로 깨끗합니다. 다만 눈에 붉은 기가 돌고 눈두덩에 검은 기가 있습니다."

팽윤이 내게 물었다.

"겸아, 마지막으로 쉰 게 언제냐."

"잘 모르겠습니다. 열흘 정도는 강행군이었습니다."

"혈도에 탁기가 많이 쌓였다. 영약을 먹은 적이 있느냐?"

졸지에 환자가 되어서 나는 기억을 더듬었다.

"장뇌삼 세 뿌리, 백년하수오 하나, 그리고 그…… 이름이, 삼원단(三原丹)이었나. 그것도 한 알 먹었습니다."

공로를 세울 때마다 황실에서 하사한 것이었다.

"상등품은 하수오밖에 없구나. 너무 막 먹었어. 심마도 있고."

도움이 됐다고 생각했는데 아니었나?

"내일 의당에 들러라. 자세히 살펴야겠다."

"예. 찾아뵙겠습니다."

마침 고독에 관해서도 물어봐야 하니 잘됐다.

나는 뒤늦게 수투의 상태를 물었다.

"부탁드린 놈은 어떻습니까?"

"고비는 넘겼다. 주화입마에 빠질 뻔했어. 심마를 오래 키운 사내다. 고독도 달고 있고. 혈교의 살수라 했느냐?"

"맞습니다."

"내가 아는 혈교와는 좀 다르더구나. 그놈들은 죄책감이라곤 몰라서 심마와도 연이 없는 악귀들이었다."

"……."

"네가 알아서 하겠지. 이제 대장부가 아니냐."

"맞습니다."

내가 고개를 끄덕이자 그제야 팽윤이 여인을 소개해 주었다.

"내게 의술을 배우고 있는 당소령(唐素玲)이다. 인사해라."

"당 소저, 모용겸이라 합니다. 반갑습니다."

"사천당문(四川唐門) 가주 당기문(唐機紋)의 차녀, 당소령입니다. 말씀 많이 들었습니다."

사천당문은 처음 듣는데 예법을 차리는 걸 보아하니 근

래에 이름 날리기 시작한 가문인 듯했다.

사천이라면 하북에서 천 리도 더 떨어진 곳인데 의선의 명성을 듣고 찾아왔나.

여인이 홀로 오갈 만한 거리는 아니다.

그렇게 보니, 당소령도 무공을 익힌 몸이었다.

의아해하는 참에 당소령이 먼저 내게 물었다.

"소협, 제가 저 살수를 더 자세히 연구해 봐도 되겠습니까?"

"예, 뭐."

이미 맡긴 셈인데 무슨 소리인가 하니.

"고독 이야깁니다. 저희 가문은 독문(毒門)입니다. 독이라면 가리지 않고 연구하고, 찾아다니지요."

이것은 기연이다.

의선에게 맡겨도 해결할 수 있을까 싶었던 게 고독인데 전문가가 눈앞에 있었다.

"저 살수에게 쓰인 건 금잠고라 하여 기록에 따라선 영물이라 쓰인 것도 있는 귀한 독물입니다. 떼어낼 수만 있으면 제가 가져가고 싶습니다만."

내가 대충 붙였던 이름이 실제로 쓰는 이름이었나.

내게는 전혀 쓸모가 없는 게 고독이니 거절할 이유가 없는 요청이었다.

나는 품에서 일전에 도려낸 고독들을 꺼내 당소령에게

건넸다.

"얼마든지 가져가셔도 좋습니다. 떼어낼 수 있는 겁니까?"

당소령이 화색 하며 말했다.

"당장 제가 하기는 힘들지만, 가문에 문의하면 방도가 있을 겁니다."

"사천이라면 서찰을 전하는 데도 한 세월일 텐데."

"지금 무림맹 본단에서 세가 회의가 진행되고 있습니다. 제 오라비도 신진 세가의 후계 자격으로 거기에 가 있고요."

황야를 벗어나서, 매일 쫓기고 싸움의 연속이었는데 일이 잘 풀리려니 우연과 기연이 이렇게 겹친다.

9장

선비의 무학

수투를 무림맹에서 팽가장의 의당으로 옮기고, 나는 백리연과 함께 손객이 머무는 객원각(客員閣)으로 향했다.

적로는 장원에 들어오자마자 위사들이 마구간으로 데리고 갔다.

십 년 만에 돌아온 팽가장은 예나 지금이나 말도 안 되게 넓었다.

그냥 돈 많은 집과, 세가를 가르는 기준이 이것이다.

장원은 돈만 있으면 누구나 지을 수 있다.

그러나 가문의 위세가 대단해서, 여기저기서 의탁하러 오는 사람이 많아 장원이 계속해서 커지고.

종국엔 마을이라 해도 될 정도로 확장되는 장원은 드물다.

그런 가문만이 세가로 일컬어진다.

팽가장은 그 명성답게 북경 성내에 동쪽 한 방면을 거의

다 차지하고 있다.

"와 이거 그대로 있네."

한쪽 손이 부서진 원숭이 석상을 보며 나는 옛날을 회상했다.

"이거 내가 해 먹었거든."

"형님이 깬 거였습니까? 이거 누가 했는지 모른다 그랬는데."

"알 사람들은 다 알지. 나랑 팽사운이랑 놀다가 내가 여기 박았다."

백리연이 내 머리를 바라보았다.

"어딜 박아요?"

"이마로. 쾅."

웃음을 참는 얼굴도 뻔한 놈이었다.

"내 대가리도 깨지고, 이놈 손도 깨지고, 그랬지."

나 어릴 적, 모용상단의 상행에는 항상 아버지가 동행했는데 나와 형들도 당연하다는 듯이 아버지를 따라다녔었다.

북경에 도착해서 아버지가 더 멀리 나가면.

나와 형들은 팽가장에서 두어 달씩을 머물렀다.

그러니 팽가장은 내게 또 다른 고향이라 할 수 있는 곳이다. 팽씨 형제들과 유난히 친한 것도 그런 연유 때문이다.

객원각에 도착해서 나는 전혀 달라지지 않은 소박한 건물을 둘러보았다.

"여기도 그대로네."

"안쪽은 좀 고쳤다고 했습니다."

"거기서 거기야."

백리연의 안내로 이 층의 방 하나를 차지했다.

잠시 몸을 누이고 쉬고 있으니 밖에서 여인의 목소리가 들렸다.

"모용 공자님, 들어가도 되겠습니까?"

팽가의 시비였다.

옛날엔 어떻게 했더라.

가물가물했다.

"들어오시오."

시비는 조심스레 문을 열고 들어와 탁자에 옷 몇 벌과 수건을 놓고 말했다.

"목욕물을 데워두었으니 편하게 쓰시면 됩니다. 그리고 내일 미시 초(오후 세 시)에 오전대가 연무장에서 기다리고 있을 거라 말씀 전합니다."

"고맙소."

시비가 떠나고 나는 멍하니 누워서 이게 맞나 생각했다.

어린 모용겸이는 얼마나 호사스러운 생활을 누렸던 것인가.

그런 놈이 무공을 익히겠다고 맨날 떼나 썼으니…….

모용장의 서고에 어느 날 놓여 있던 반쪽짜리 비급을 기억한다.

그걸 가져다 놓으면서 아버지는 무슨 생각이셨을까.

아침 일찍 일어나 우물가에서 씻고, 의당으로 향했다. 문 앞에는 당소령이 나와 바닥을 쓸고 있었다.

"좋은 아침입니다."

"아, 들어오세요. 기다리고 계십니다."

팽윤은 나이가 나이인지라, 새벽잠이 없는 모양이었다. 평상에 나온 게 한참인 듯, 찻주전자가 차게 식어 있었다.

나는 예를 갖추어 인사하고 그의 옆에 앉았다.

"좀 쉬었느냐."

"간만에 잘 잤습니다."

"들어가자, 날이 춥다."

그를 부축하여 안쪽으로 들어가니 약 향이 짙었다.

당소령도 따라 들어와서 팽윤 옆에 앉고, 나는 환자들이 눕는 침상에 누웠다.

진맥을 다시 하고 팽윤이 물었다.

"심마는 언제부터 앓았느냐."

"사 년쯤 됐습니다."

군문에 들고 초기에는 훈련을 따라가는 데 급급해서 심

마니 뭐니 느낄 겨를이 없었다.

열일곱부터는 실력이 붙기 시작해서 전투가 벌어질 때마다 내가 선두에서 적들을 많이 베었다.

백인장이 되어서 책임감도 커지고 말이다.

그다음부터는 매일이 심마를 키우는 나날이었다.

"일정 경지 이상에 오른 무인 중에, 심마를 앓지 않는 자는 없다. 누구나 달고 사는 지병인 셈이지."

"예."

"하지만 너처럼 어린 나이에 심마가 이렇게 깊은 경우는 잘 없다. 왠지 알겠느냐?"

나는 백리연을 떠올리며 말했다.

"보통은, 무학을 익히는 게 즐거워서 신경 쓰지 않겠지요."

비인부전(非人不傳)이라.

사람 아닌 자에게 전하지 않는다는 말이 있다.

무공을 익히다 보면 사람을 죽이고, 압도하는 게 쉬워져서 힘에 취하기가 쉽다. 그런 자들은 대개 이른 나이에 무림공적이 되어 척살당한다.

그러지 않고 오래 살아남아 무공을 깊이 익히는 자들은, 양심 있는 자라면 십중팔구 심마를 겪는다.

죽지 않고 살아남은 무림공적은 혈화곡주 같은 마두가 된다.

팽윤이 말을 이어갔다.

"마공(魔功)이 아니면 어지간해선 너처럼 빠르게 성장할 수 없다. 흑도의 무학이 실전성이 짙어 빠르게 강해진다고 하지만 그것도 한계가 있지."

강호에서 백 세를 넘긴 사내의 말을 나는 비급을 읽는 것처럼 마음에 새겼다.

당소령도 진지한 얼굴로 제 스승의 말을 경청하고 있었다.

"예외인 경우가 하나 있는데."

"……."

"전란의 시대에 급격하게 강해진 젊은 무인들이 나타나곤 한다."

"예."

"너는 군문에 들고 육 년을 버텼지."

"맞습니다."

"몇이나 베었느냐."

"……모르겠습니다."

팽윤이 침음을 냈다.

"소령아, 잘 봐둬라. 당대에 이놈보다 어린 나이에 더 많은 전투를 경험한 자가 없을 것이야."

있긴 있습니다, 하고 말하려 했는데.

생각해 보니 내 또래는 없었고 동기들은 다 죽었다.

나뿐이다.

지금도 전투에 임하고 있는 병사들이 있을 것이나, 나처럼 무공을 깊이 익힌 자는 떠오르지 않았다.

내 밑에 있던 천인장들이 그나마 따라오고 있을까.

"스승님, 탕약을 가져올까요?"

"그래."

당소령이 약을 준비하러 가고 팽윤은 마지막으로 한 가지를 물었다.

"겸아, 지금이라도 수련을 멈출 생각은 없느냐."

불가능하다.

"네가 더 수련하면 어떻게 될지 나도 모르겠구나."

사실은 알고 계실 것이다.

팽윤은 강호 전란의 시대를 직접 겪어보고 말하는 것이니.

삼십 년을 돌아가면 혈교의 난이 있고, 더 거슬러 올라가면 정마대전(正魔大戰)이 있다.

"안 될 것 같습니다."

"……그래."

당소령이 가져온 탕약 사발에 팽윤이 내력을 불어넣으니 뜨겁게 피어오르던 김이 가라앉았다.

"마셔라. 탁기를 배출하는 데 도움이 되는 약이다."

"감사합니다."

굳이 뭘 쓴 약인지 묻지도 않았다.

적당히 식은 탕약을 단숨에 들이켜자, 온몸에 뜨거운 기운이 맴돌았다.

탁기를 내부에서 태우는 성질의 약이었다.

"어떠냐."

"운기조식을 좀 해야겠습니다."

마당으로 나가니 쌀쌀한 겨울바람이 나를 맞아주었다.

소나무 아래에 가부좌를 틀자 당소령이 가림막을 가져와서 내 주변에 펼쳐주었다.

"호법을 설 테니 걱정하지 말고 집중하세요."

"고맙소."

그리고 눈을 감으니.

나는 실로 오랜만에 성한심결이 보여주는 환상 속으로 빠져들었다.

얼마만의 운기조식일까.

적각기마대가 해산하기 전날 한 번 하고 기회가 없었다.

본래 운기조식은 가능한 하루도 빼먹지 말아야 하는데 근 열흘 정도는 살수에게 쫓기지 않았나.

운기조식을 하면 보통은 대주천을 몇 바퀴 반복하고 한 줌 진기를 쌓아 올린 뒤 눈을 뜨지만.

종종 무학 자체가 보여주는 환상에 빠져들 때가 있다.

나는 이 현상이 무학 스스로 내 경험과 감정을 읽고, 앞으로 내가 나아가야 할 방향을 제시하는 것이라 여겼다.

경험상 그럴 때가 소위 말하는 '깨달음'과 직결되기 때문이다.

성한심결은 모용부(慕容部), 모용 씨가 최초로 세운 국가의 초대 군주였던 막호발(莫護跋)이 창안한 심법이다.

이것이 얼마나 오래전이냐면, 아직은 모용이라는 성씨를 쓰지도 않던 시절이며 막호발이 싸웠던 상대는 그 유명한 삼국지의 위나라다.

비록 조조가 아니라 그 아들들과 사마의를 상대한 것이지만 말이다.

오백 년도 더 된 이야기다.

내 입으로 성한심결이 실전된 지 백 년이 넘었느니 어쩌니 떠들긴 했는데, 사실 언제 사라졌는지는 아무도 모른다.

내 선조들은 기록을 많이 남기지 않았고, 그마저도 전란을 겪으며 많이 불탔기 때문이다.

나는 집안의 서고에서 성한심결의 비급을 발견했다.

나중에 알고 보니 아버지가 남모르게 보관하고 있던 걸 우연을 가장하여 내게 전해준 것이었다.

막호발의 일대기로 위장하고 있던 비급은 그의 후인인 우리조차 존재를 몰랐기 때문에 황실의 숙청에서 살아남았고.

뒤늦게 발견되어 가주에게만 전해졌었다.

몇 대를 거치는 동안 누구도 익히지 않은 것은 모용가가 황실의 압박 아래 계속해서 숨을 죽이고 살아왔기 때문이었다.

힘을 키우는 건 또 다른 화를 자초하는 일이었으니.

누구도 시도하지 않았다.

그런 와중에 아버지는 나를 보고 결단을 내린 것이다.

이놈이라면 뭔가를 이루어낼 수 있을 거라고.

그래서 나는 성한심결을 허투루 익힐 수 없었다.

이것은 기연인가 숙명인가?

가문이 내게 기대하는 숙명이라고 보는 게 옳다.

처음 입문할 때는 두려움이 더 크긴 했다.

기껏 비급이라고 읽어봤더니 너무 오래된 것이라 후반부가 유실되어 있었기 때문이다.

총 다섯 단계로 구분되어 있는 성한심결의 경지 중 내가 아는 건 초반 세 단계뿐이다.

백성(白星), 하얀 별.

유성(流星), 흐르는 별.

표성(飄星), 소용돌이치는 별.

별의 흐름을 모방한 돌풍이 성한심결의 주요 기술인데 내력에 기준한 단계가 오를수록 그 위력과 범위가 강해진다.

돌풍을 점점 자유롭게 다룰 수 있음은 물론이다.

군문에 든 열여섯에 나는 백성의 단계에 머물러 있었고.

유성을 거치며 백인장과 천인장을 지냈으며.

표성의 단계에 이르렀을 때 적각기마대의 후임 대주로 내정되었다.

그때부터는 마흔을 넘긴 전성기의 무인이 아니면 적수를 찾기가 어려웠다.

모용칠극은 성한심결을 가장 효율적으로 사용할 수 있게 만들어진 창술이라 사실상 파생 무공이다.

장법, 지법, 검법 등으로 응용하기도 편해서 전장에서 잡다하게 싸움법을 익힌 내게는 최적의 심법이다.

처음부터 전장에서 발생한 무학이라 그럴 터.

표성의 단계에 도달한 뒤 벽에 부딪힌 지는 일 년이 지났다.

다음이 무엇인지는 아직 잘 모르겠다.

다섯 단계와는 별개로 대성하면 두전성이(斗轉星移)라고 일컫는다 한다.

풀이하면 북두칠성의 위치를 옮긴다는 뜻이다.

아무래도 막호발은 저 하늘의 별들조차 자신의 앞길을 막을 수 없다고 생각한 오만한 사내였던 모양이다.

하기야 그런 성정이니 황야의 밤하늘을 올려보다가 별들에게 시비도 좀 걸어보고, 마음에 안 드는 족장들도 좀 패고 다니고.

그러다 보니 어느 날 유목민의 대족장이 되어 있었겠지.

두전성이에 이르면 그 어떤 공격도 흘리고, 되받아칠 수 있다고 하는데 도대체 어떤 경지인가?

그것은 감이 잘 오지 않았는데.

내가 확신하는 게 하나 있긴 하다.

막호발이 오백 년 전에 올려다보던 밤하늘과, 내가 전장에서 올려다보던 밤하늘은 조금도 다르지 않을 것이다.

그렇다면 성한심결의 후반부를 모른다고 해서 내가 주눅들 이유는 없다.

내가 정진해서 대성을 이루면.

막호발과 같은 길을 따라가지 않더라도 결국은 두전성이에 이를 테니 말이다.

성한심결이 보여주는 환상은 매번 같다.

드넓은 평원. 멀리 굽이치는 산맥이 보이고, 반대편에는 열기에 일렁이는 사막이 보인다.

수풀은 듬성듬성.

가끔은 시원하게 흐르는 냇물과 마주치기도 한다.

성한심결이 적로를 알고 있는지 항상 적로와 함께다.

여느 때처럼 거리가 좁혀지지 않는 산맥을 향해 달리다가 눈을 뜨니.

"우웩!"

지옥 저편에서 아귀들의 오물만 모아온 듯한 악취가 났다.

탁기가 몸에서 일제히 배출된 것이다.

일전에도 몇 번 겪어본 적은 있는데 갑자기?

당소령은 사달이 벌어지고부터 어딘가로 도망쳤는지 호법을 서겠다고 했던 사람이 눈 씻고 찾아봐도 보이지 않았다.

급히 냇가에서 씻고 온 뒤에 나는 옷을 갈아입고 의당 마당을 청소했다.

"……미안하오."

당소령이 멀찍이서 코를 막고 지켜봤다.

"성취가 있었던 모양입니다."

"예, 뭐."

"스승님이 아끼는 소나문데……."

나도 이럴 줄 몰랐지.

변명은 안 돼서 묵묵히 바닥을 닦고 오염된 나무껍질을 벗겨냈다.

"이거 안 될 거 같은데."

팽윤이 나와서 혀를 찼다.

"베라. 곱게 보내줘야지."

"죄송합니다."

그런데 청소를 하다 보니 문득 하늘이 붉어지는 게 눈에 들어왔다.

"당 소저, 혹시 지금 몇 십니까?"

"신시 말(오후 다섯 시) 입니다만."

오전대가 연무장에서 기다린 지 한 시진이 지났다.

10장
더럽게 빠진 놈들

팽가에는 일전대부터 오전대까지, 총 다섯 개 전대가 있는데 전대마다 대략 서른에서 쉰 명의 무인이 소속된다.

검대가 아니라 전대인 이유는.

당연히 팽가답게 검이 아니라 칼을 쓰는 무인들이기 때문이다.

도대(刀隊)라고 하면 어감이 이상해서 전대다.

일전대부터 삼전대까지는 장로급의 고수들이 대주를 맡고 있고.

사전대는 전통적으로 소가주가.

오전대는 후기지수 나이의 무인 중에서 가장 뛰어난 자가 맡는다.

그렇다면 응당 팽사운이 오전대 대주여야 할 텐데 이놈이 대주 자리를 귀찮다고 거절했단다.

원래 영 싹수가 노랬던 놈이라 그놈이라면 그럴 수 있지, 하고 넘어가긴 했는데.

그다음이 팽천후라니?

그 양아치 새끼가?

오랜만에 만나서 기강을 잡아주려 했는데 지각을 해버려서 영 모양이 안 살았다.

연무장으로 가니 오전대 대원들이 알아서 훈련 중이었다.

"천후 형, 오랜만이오."

내가 인사하자 옛날처럼 험상궂은 얼굴의 팽천후가 콧방귀를 끼더니 아는 체도 하지 않았다.

팽진후는 한 살 차이라 형 대우를 해준 적이 없는데 팽천후는 네 살이 많아서 싫은 놈이어도 형 대우를 해주긴 했었다.

하나같이 성격 좋은 팽씨들 사이에서 어떻게 이런 놈이 튀어나왔는지는 의문이다.

아마 천재라 불렸던 대공자 팽사진에게 열등감이 있었을 터.

"오랜만에 봤는데 인사는 해주지?"

"예나 지금이나 싸가지 없는 놈. 네가 불러놓고는 지각이 웬 말이냐."

"그건 할 말이 없군. 내가 잘못했소."

팔굽혀펴기를 하거나, 바위를 짊어지고 앉았다 일어서

기를 하거나, 중도(重刀)를 세차게 휘두르며 땀을 흘리는 사내들을 향해 팽천후가 일갈했다.

"동작 그만! 도열 해라."

그러자 우렁찬 기합과 함께 오전대원들이 순식간에 정렬했다.

'나쁘지 않은데?'

서른두 명에 전원이 이십 대 초반.

이들 모두가 팽씨는 아니지만 다들 오호단문도(五虎斷門刀)나 파황일도(破荒一刀)를 익히는 동문이다.

물론 절기는 팽씨가 아니면 가르치지 않지만 말이다.

첫인상은 군기가 잡혀 있는 게 수련에 진심인 사내들로 보였다.

그런데 팽연호는 이놈들을 소개해 주면서 왜 탐탁잖은 놈들이란 티를 냈을까?

의아하게 여기는 와중에 팽천후가 말했다.

"모용가의 모용겸을 기억하는 사람, 거수해라."

여기저기서 손이 번쩍번쩍 올라왔다.

"모용겸이 군문에 들어서 육 년을 살아남아 되돌아왔다. 고생한 모용 공자를 치하하는 의미로 전원 박수를 보내줘라."

환호성과 함께 박수 소리를 듣는데 기분이 묘했다.

아무리 봐도 엿 먹이는 건데.

"유치하게 굴지 말고."

"나라의 공신이 우리 오전대를 쓰셔야겠다는데 박수를 보내 드려야지. 넙죽 절도 하고 말이야. 안 그런가?"

'여전하네.'

기분 나쁠 만하긴 한데 이건 좀 아니지 않나?

"……."

썩어 들어가는 표정으로 팽천후의 기도를 살피니 백리연보다도 아랫줄이었다.

그런데 온몸에 흘러넘치는 저 자신감은 뭔가?

나는 그제야 전날 팽연호가 했던 말을 떠올렸다.

'어린 나이에 제 실력을 과신하는 멍청한 놈들은 이걸 모르지만…….'

팽천후도 후기지수 중에 끗발 좀 날린다고 오만방자해진 모양.

"천후 형, 적각기마대라고 들어봤나?"

나는 처음으로 군문에서의 위명을 들먹여야겠다고 마음먹었다.

이런 놈들에겐 위세가 아니면 통하지 않고.

매는 그다음이다.

"들어봤지. 이 나라에 유일한 기마대가 아닌가? 설마 거기 출신이라고 말하는 건 아니지?"

"이제 없긴 한데 아무튼. 내가 거기 대주였어."

"믿겠냐?"

"옛날의 내가 아니란 소린데. 팽가에서는 기도 읽는 법은 안 가르치나?"

팽천후가 코웃음 쳤다.

"읽을 기도가 있어야 읽지, 이 새끼야."

그나마 백리연은 내 기도를 읽고 승부욕을 불태우던 것이었는데 팽천후는 그럴 실력도 되지 않았다.

아니면 십 년 전, 무공을 모르던 나를 떠올리고 눈에 보이는 걸 이 악물고 무시하고 있거나.

아무리 그래도 실력을 인정받아서 오전대주를 맡고 있을 테니 후자로 봤다.

내 나름의 경고였는데, 이래도 모른다면 남은 건 매밖에 없다.

급하게 오느라 병장기를 챙겨오지 않아서, 연무장 한쪽의 목검 진열대로 향하며 물었다.

"팽천후. 네가 오전대주를 맡았는데 팽진후는 왜 무림맹에 가 있나?"

형 대우는 개뿔이.

"진후를 봤어?"

"봤지."

"봤으면 알 텐데. 멍청해서 쓸 수 없는 놈이다. 무공에 재능이 없어. 백리 공자가 왜 그놈을 검대에 받아줬는지 모르겠군."

"물어본 내가 병신이지, 쯧."

목검을 집어 들고 기도를 일으켰다.

성취가 어떤지 확인이나 해볼까.

근래에는 내력을 일으킬 때마다 뒷골이 당겼던 것 같은데 한결 편했다.

발밑에 부드럽게 휘감기는 바람을 느끼며 이번엔 대원들에게 말했다.

"오전대. 내가 시간 약속을 어긴 건 사과하마. 하지만 나를 멸시하는 건 별개야."

팽천후가 끼어들었다.

"겸아, 내가 너를 아는데. 아서라. 맞아 죽는다."

나는 놈을 가볍게 무시하고 말을 이어갔다.

"가주께서 내게 임시로 지휘권을 맡기겠다고 하셨으면 아, 이유가 있겠구나, 얘기를 해봐야겠다, 생각하는 게 맞지 않나?"

대원들 사이에서 또다시 웃음소리가 흘러나왔다.

나는 웃는 놈들과 난처해하는 놈들을 구분했다.

"널 기억하는 사람이 한둘이 아니야. 이공자 뒤꽁무니나 쫓아다니던 놈이 뭐가 어째?"

"팽천후, 너는 전장에서 내 밑으로 왔으면 첫날에 맞아 죽었어. 여기서 만난 걸 다행으로 여겨라."

애초에 적각기마대는 대원들을 선별하는 특작대였으나, 종종 물을 흐리는 질 나쁜 놈들이 들어오는 건 어쩔 수 없었다.

사람이 워낙 많으니 말이다.

그럴 때 수질 관리를 위해 한둘은 죽여야 했다.

내게는 그럴 수 있는 즉결 처형권이 있었고, 그러지 않으면 미꾸라지 한 놈 때문에 언젠가 부대가 전멸한다.

황야를 떠올리며 기도를 일으키니 도열한 놈들이 조금 당황하는 게 보였다.

"우리 겸이가 단단히 미쳐서 돌아왔구나."

팽천후는 내게 맞추어 혼원벽력신공(混元霹靂神功)을 일으켰다. 팽가의 태생 신력을 백배 활용하는 패도적인 무학이다.

팽가의 핏줄이 아니면 전하지 않는 신공이기도 하다.

벽력의 기운이 팽천후를 감싸자 그제야 당황했던 대원들의 얼굴이 펴졌다.

도제를 만나고 온 내게는 애송이 재롱잔치로 보일 뿐이지만 말이다.

"팽천후, 너는 좀 맞아야겠다. 나머지는 눈치껏 사려라. 덤비는 놈들은 내가 자비 없이 정신머리를 고쳐주마."

"역시 싹바가지 없는 건 여전하구나."

팽천후가 들고 있던 목도를 허공에 휘두르며 명령했다.

"얘들아, 모용 공자를 제정신으로 되돌려 줘야 하니 힘을 아끼지 말아라."

아, 난전인가?

난전이 벌어지면 손속을 조절하기가 귀찮아지는데.

"차륜전(車輪戰)은 어때? 하나씩 다 상대해 주마."

"겁먹었나? 그래, 그럴 수 있지. 근데 뭐 네가 말을 뱉었으면 지켜야지 어떡하냐."

"내가 한 번에 다 상대한다고 했었나?"

"몰라. 얘들아 조져라!"

하여간 양아치 근성은 어디 안 간다.

사실 이럴 거 알고 묻긴 했다.

서른둘 중에 열일곱이 덤벼왔다.

팽천후를 합하면 열여덟.

일각 뒤에 맨정신으로 서 있는 건 팽천후뿐이었다.

자신감 넘치던 거한은 사라지고 사태 파악을 못 한 머저리만 남아서, 놈은 입을 어물거리며 쓰러진 대원들을 둘러보았다.

나머지 열다섯은 연무장 구석에 찌그러져서 안 나서길 다행이라 안도하고 있는 중.

"천후야. 그러게 차륜전으로 하잘 때 하나씩 덤볐으면 얼마나 좋냐."

난전을 벌이는 와중에 살초를 쓰려 하거나 동료를 방패 삼아 위기를 벗어나려 하는 놈들 일곱은 다리를 분질러 놨다.

대원으로 놔두어봤자 하등 도움이 안 될 놈들이다.

아마 그놈들이 팽천후를 따라 천박한 분위기 조장에 동참했을 터.

나머지는 그래도 쓸 만한 놈들이긴 했다.

"씨, 씨X 이게 무슨. 야 이 새끼들아, 너희들은 뭐 하고……."

욕이 들리자마자 나는 놈의 턱에 목검을 던졌다.

빠악-!

"말 좀 이쁘게 하고 새끼야."

사실 나도 말이 이쁜 편은 아니지만 아무튼.

턱을 정통으로 맞고 다리가 풀릴 뻔한 팽천후가 팽씨다운 정신력으로 오뚜기처럼 일어섰다.

"튼튼해 아주. 그냥 눕는 게 나았을 텐데."

나는 팽천후가 얻어맞을 때마다 흠칫거리는 나머지 열다섯을 향해 말했다.

"안 죽일 거니까 가만히 있어. 아주 잘하고 있다. 너희는 이따 보자.”

그러고는 팽천후에게 다가가서 발끝으로 정강이를 걷어찼다.

빡!

“천후야.”

“이, 이…….”

“천후야.”

빡!

“대답.”

자존심 때문일까. 놈은 입을 어물거리면서 눈을 부릅뜨고 나를 노려보았다.

“형이란 놈이 이 새끼야, 동생을 보고 뭐가 어째? 옛날엔 그래도 잘 챙겨줬잖아.”

이번엔 명치에 주먹을 꽂았다.

퍽!

팽천후가 앞으로 고꾸라지며 신물을 뱉었다.

“진후가 좀 멍청해도 순진한 구석이 있는 놈인데 잔뜩 주눅이 들어 있더만. 네가 문제였구나.”

내가 전장으로 떠날 당시, 내게 있는 거 없는 거 다 챙겨주었던 내 형들을 떠올리니.

열이 더 뻗쳤다.

“이런 새끼도 형이라고…….”

퍽! 퍽! 퍽!

살짝 몰입하면서 팽천후를 밟아주고 있는데.

"모용 형님?"

벙찐 얼굴을 한 백리연이 연무장으로 들어왔다. 옆에는 정신을 차린 후 심문을 받고 온 수투가 함께였다.

"어 왔냐."

"어, 어! 그러다 죽습니다. 그만! 그만!"

"안 죽어. 팽씨들 튼튼하다."

퍽, 퍼-!

"형님!"

백리연이 내 뒤로 달려들어 겨드랑이 사이로 팔을 넣고 팽천후에게서 떼어냈다.

생각해 보니 좀 흥분한 거 같기도 하고.

나는 백리연에게 기대서 늘어진 채로 수투를 바라보았다. 수투는 들어올 땐 죽상이었는데 지금은 웃음을 참고 있었다.

"사 번."

"음, 말씀하시오."

"얌전하게 얘기 잘하고 왔나?"

"내가 아는 건 다 얘기했소."

"죽다 살아난 기분이 어때?"

뒷덜미를 긁고 수투가 포권을 취했다.

"살려주셔서 감사하오. 목숨을 몇 번 빚지는지 모르겠군."

"알면 됐다."

그리고 아래를 보니 팽천후가 꺽꺽거리다 눈을 까뒤집었다. 저 지경이 되고도 기절로 끝난 걸 보면 혈통이 확실히 좋긴 좋다.

"저 새끼도 알아야 할 텐데 말이야."

"그러게 말이오."

수투의 입꼬리가 씰룩거리는 걸 보면서 마음을 좀 진정시켰다.

"연 아우, 놔도 돼."

"아, 예."

나는 다리 부러진 일곱을 뺀 나머지 스물다섯 명 대원을 모아놓고 말했다.

"이제 너희 차례다. 내가 말은 안 했는데 사실 팽가주께서 오전대 기강 좀 잡으라고 날 보내신 거야. 왠지는 너희들이 더 잘 알겠지."

내가 히죽 웃자 놈들이 술렁였다.

"대가리 박아 이 새끼들아."

반 시진 뒤.

날이 어둑해져서 연무장에 횃불을 모조리 밝히고, 돌바닥에 머리를 박은 자랑스러운 오전대원들을 보고 있자니.

간만에 황야로 되돌아간 느낌이 들었다.

"제일 먼저 엉덩이 내려가는 놈은 의선 어르신께 신세 질 줄 알아라."

그런데 웬걸.

의선 얘기를 꺼내니 몇 놈 엉덩이가 슬금슬금 내려가는 게 아닌가.

"뭐야, 이 새끼들 왜 이래."

수투와 함께 구경하던 백리연이 내게 무언가를 속삭여 주었다.

그 내용이 뭔고 하니.

의당에 가면 당 소저를 볼 수 있어서 오히려 이놈들이 좋아한다는 것이다.

"이 새끼들 빠져가지고……."

나는 목검을 들고 일어서서 돌아다니며 엉덩이 내려가는 놈들을 손수 두들겨 팼다.

"그러면 의당이 아니라 곧장 무덤으로 보내주마. 가주님도 이해하실 거야. 한창 수련에 전념해야 할 놈들이 무슨!"

빠악!

목검이 부러지고.

그 소리에 팽천후가 정신을 차렸다.

"흐아아악!"
대원들이 흠칫하며 자세를 바로 했다.
"더 재워."
"알았소."
수투가 손날로 가볍게 팽천후의 목덜미를 치자 놈이 다시 기절했다.

다시 반 시진 뒤.
이젠 대부분이 버티지 못하고 쓰러졌다.
나는 쓰러져 널브러진 놈들을 두고 여전히 버티고 있는 세 사람을 향해 말했다.
"기상."
놈들이 저세상 소리를 내며 비척비척 일어섰는데 눈치가 빨라서 차려 자세였다.
나는 왼쪽부터 한 놈씩 이름을 물었다.
"팽호진, 장경, 이윤산……. 팽씨가 하나밖에 없네. 팽가도 다 죽었다. 안 그러냐 호진아?"
"죄송합니다!"
팽호진은 얼굴이 익숙지 않았다.
스무 살이라 했는데 내가 팽가에 머물 때 다른 곳에 있었던 모양.
"지금부터 내가 오전대주, 팽호진 네가 부대주다. 장경,

이윤산 너희는 나머지 인원 찢어서 조장이야. 알겠나?"

"예, 대주!"

"좋아. 아직 우리가 뭘 하러 가는지는 못 들었겠지. 지금부터 설명해 주마. 사 번, 앞으로."

멍하니 횃불을 바라보던 수투가 헛기침했다.

"아, 알았소."

"혈화곡이 어떤 곳인지 알려줘라."

수투는 어색하게 운을 뗐으나 제가 보고 겪은 것을 훌륭하게 설명했고, 내가 혈교라는 말을 더하자 대원들은 사색이 됐다.

자기가 혈교 소속이었단 걸 몰랐던 수투도 당황한 것은 덤이다.

이틀 뒤, 개방과 하오문에서 수투가 실토한 정보를 토대로 점조직 일부를 특정했다는 소식이 전해졌다.

11장
섬멸전

나는 이들을 오전대 재교육에 썼다.

팽천후는 결국 좌천되어서 일반대원으로 삼전대에 속하게 되었고, 팽사운이 복귀하면 제 놈이 원하든 말든 오전대주 자리에 앉는 게 확정되었다.

나름대로 전통 있는 오전대 분위기가 까고 보니 완전히 흐트러져 있었기 때문이다.

주범은 팽천후와 내가 다리를 부러뜨린 일곱이었다.

"봐라, 내가 뭐랬냐."

백리연에게 말하자 녀석이 감탄했다.

"너무 과한 줄 알았는데 귀신이시네요."

"내가 저런 놈들 한둘 본 게 아니야."

본래 사람이 다섯 명 이상 모이면 하나는 쓰레기이게 마련인데, 적각기마대는 오천 명이었으니 아무리 선별을 했다고 해도 그런 놈이 얼마나 많았겠는가?

그놈들 다 잡아내면서 나는 말단부터 대주까지 올랐었다.

그런데 다섯 중 하나는 쓰레기라, 이 말을 누가 했더라.

내 대원 중에 좀 똑똑한 놈이 하나 있었던 것 같은데 잘 기억이 안 난다.

아무튼.

이틀을 굴리자 오전대는 그나마 쓸 만한 표정들을 짓게 되었다.

팽호진은 부대주를 맡기자 책임감이 동했는지 훈련에 가장 열성적으로 임했고, 분위기를 쇄신하는 데도 앞장섰다.

본래 이런 게 팽씨다운 자세다.

개방과 하오문에서 각각 정보가 도착하고, 내게도 부탁했던 창 두 자루와 검 하나가 전달되었다.

이로써 언제든지 출발할 수 있게 되었는데 문제는 점조직을 처리할 계획을 세우는 것이었다.

가주 팽연호와 그 동생인 일전대주 팽정호. 무림맹 하북 지부장 대리 백리연, 그리고 나.

거기에 더해, 개방 하북 총타주와 인근 중소문파 장문인 세 명의 회동이 있었다.

무거운 분위기 속에서 팽연호가 먼저 입을 열었다.

"창암산……. 우리 세력권인데 할 말이 없군."

북경에서 남서쪽으로 닷새 정도 거리에 있는 산이다.

협곡이 둘 있는데 그중 하나에서 시야를 왜곡하는 진법의 흔적이 발견되었다.

또한.

"석가(石家)가 살수들과 내통하고 있었을지 누가 알았겠나. 자네 잘못이 아니니 괘념치 말게."

혈화곡이 이제껏 흔적을 숨길 수 있었던 이유도 밝혀졌다.

개방 하북 총타주, 괴각개(乖角丐)의 말이었다. 팽연호와 동년배로 둘의 인연도 꽤 긴 모양이었다.

별호와 어울리게 이마에 혹 같은 것이 불룩 솟아 있어서 뿔처럼 보였다.

팽연호가 한숨을 쉬며 말했다.

"석가에는 내가 가겠네. 장주를 봐야겠어."

창암산은 석가장(石家莊)에서는 엎어지면 코 닿을 거리였고, 혈화곡은 석가의 비호를 받아 지금까지 정체를 숨겨온 것이었다.

괴각개가 날 보며 물었다.

"혈화곡에는 자네가 간다고?"

"맞습니다. 처리해야 할 은원이 있어서 제가 가게 되었습니다."

"괜찮겠는가?"

"팽가 오전대와 함께하니 걱정하지 않으셔도 됩니다."

"너무 젊은이들만 보내는 것 같은데."

팽연호가 나를 보증했다.

"후기지수라 말할 수 없는 경지의 아이이니 얕보지 말게. 충분할 거야."

"자네가 그리 말하면 뭐. 알겠네."

나머지 혈화곡의 지부는 넷.

숨겨진 곳이 몇 더 있을 수 있었으나 본거지와 지부 네 곳이 와해되면 나머지는 제 기능을 못 할 거라는 결론이 났다.

오히려 시간을 더 지체하면 놓칠 거라고.

벌써 사업을 정리하는 낌새를 보이는 곳들도 있었다.

개방과 무림맹, 중소문파 연합이 각각 한 곳을 맡고 마지막 한 곳은 팽가의 일전대가 맡았다.

"나는 혼자 가도 충분해."

팽연호의 말에 누구도 토 달지 않았다.

강호 십 대 고수를 꼽으라면 빠지지 않고 언급되는 도제가 아닌가.

한날한시에 섬멸할 수 있도록 거리별로 무인들이 따로 출발했다.

나와 오전대는 일찍 출발하는 편이었다.

이른 아침, 출발 준비를 하는데 백리연이 내 방으로 찾아왔다.

"가십니까?"

"어, 넌 언제 출발하냐?"

"내일입니다."

"하남신룡이니 잘하겠지."

"형님은 괜찮으시겠습니까?"

"뭘 굳이 물어."

백리연이 묘하게 인상을 찌푸렸는데 아마 비무했을 때를 떠올린 모양이었다.

"연 아우."

"예."

"허접한 살수 놈들을 상대하다 죽으면 백리세가가 웃음거리가 될 거다. 신룡이 깝죽거리다가 살수의 칼침을 맞고 죽었다고 말이야."

"그럴 일이 있겠습니까."

"갔다 와서 비무 한 번 제대로 해보자. 백리세가 검법 좀 구경해야겠다."

사실 지난번엔 제대로 보지도 못하고 패기만 했다.

"그땐 창으로 상대해 주십니까?"

"그러지."

"다녀오십쇼."

"오냐."

뇌옥에서 수투를 빼 오고, 함께 말에 타 정문으로 나가니 오전대가 먼저 나와서 말을 타고 도열해 있었다.

재교육이 헛되지 않아서 다들 비장한 표정을 짓고 있는 상태.

그러나 겁먹은 얼굴을 다 숨기진 못했다.

나는 적로를 몰고 앞으로 나가서 대원들을 북돋웠다.

"요 며칠 처맞으면서 무슨 생각이 들더냐, 아무나 말해 봐라."

팽호진이 호기롭게 손들었다.

"저희가 정저지와(井底之蛙, 우물 안 개구리)였다는 걸 알았습니다."

"잘 말했다. 그간 수행했던 임무들은 어려운 게 없었을 거야. 너희들한텐 크게 위험한 임무를 안 줬을 테니까."

"맞습니다."

"이번엔 우리가 가장 위험한 곳으로 간다."

대답이 없었다.

"내가 지휘관이기 때문이다. 나를 믿고 팽가주께서 너희를 사지로 밀어 넣는 거야."

"……."

반응이 영 안 좋았다.

이게 아닌가.

적각기마대 대원들은 이런 얘기를 하면 부관님 염병 그만 떨라고 욕했었는데.

"그러면 내가 어찌해야겠느냐. 당연히 너희가 죽지 않게 해야겠지. 너희들 중 하나라도 죽으면 내 잘못이다. 이해되나?"

수투가 답답하다는 듯한 표정으로 오전대원들을 둘러보았다.

"가장 위험한 곳에는 내가 있을 테니 너희는 내 뒤만 바짝 쫓아와라. 시킨 짓만 하고. 시키지 않은 건 하지 말고. 알겠나?"

스물다섯 명 대원이 일제히 답했다.

"예, 대주!"

"가자."

닷새를 이동하면서 여러 차례 식사를 함께하고 꽤 친밀해진 상태로 우리는 창암산 초입에 다다랐다.

나는 마지막으로 작전을 설명했다.
지시 사항은 간단했다.
내 뒤를 따라오며 내가 놓친 적을 처리할 것.
도망치는 놈들을 쫓지 말고.
버거운 상대가 나타나면 곧장 물러날 것.
다른 계획도 있긴 했으나 어디까지나 일이 원활하게 풀리지 않았을 때의 대체재라 한 번 설명하고는 따로 강조하지 않았다.
"우리 목표는 혈화곡에 납치된 아이들을 구출하는 것이다. 투항하는 상대는 혈도를 제압해라."
오는 길에도 수십 번 설명한 내용이다. 더 말하지 않고 우리는 창암산에 들어섰다.
수투의 안내에 따라 구불구불 이어진 산길을 오르고, 까마득한 절벽 둘, 동굴 하나를 지나서 낭떠러지를 앞에 두고 진법을 파훼하자.
새하얗게 눈 덮인 협곡이 모습을 드러냈다.

진법 밖은 눈이 녹아 있었는데 안쪽은 새하얀 설산이었다.
일부러 이런 환경을 조성해 놓은 것인가.
본래 말을 타고 빠르게 이동하며 휩쓸 생각이었는데 눈

이 무릎 높이까지 쌓여 있어서 계획을 바꾸어야 했다.

"사 번, 겨울엔 원래 이런가?"

"아니오. 나도 이런 건 처음 보오."

설마 이 새끼가 거짓말을 했나.

"허튼짓하면 너는 곱게 죽지 못해."

"알고 있소. 믿으란 말은 안 하겠소만, 내가 이제껏 실토한 내용에 거짓은 없었소."

"앞장서라."

우리는 전원 말에서 내려 앞장선 수투를 뒤따랐다.

적로에게 눈짓하자, 녀석이 알아서 다른 말들을 데리고 협곡 밖으로 이동했다.

비탈을 타고 내려가 협곡 아래에 다다랐다.

소름 끼칠 정도의 적막.

나는 오른손을 주먹 쥐고 위로 들어서 오전대를 정지시킨 뒤에 가부좌를 틀었다.

최대한 기감을 넓히는 것이다.

수투가 사전에 제공한 정보대로, 협곡 양쪽에 동혈(洞穴)이 많았다.

지금은 눈에 덮여 보이지 않을 뿐.

동혈 안쪽까지는 기감을 뻗을 수 없었다.

진법의 영향인 듯했다.

그리고 눈 덮인 바닥 곳곳에서 숨죽이고 기다리는 살수

들의 기척이 느껴졌다.

"예상과 다른 지점이 많다. 사 번, 아이들을 가두어두는 동혈을 하나하나 짚어라."

사 번이 양측 절벽의 몇 군데 지점을 지목했다.

상당히 높이 자리한 동혈들이었다.

'저 정도면…….'

내가 절기를 펼쳐도 직접 영향을 받지는 않을 터였다.

"전원 물러나라. 그냥 들이받아야겠다."

손에 들고 있었던 창 한 자루를 팽호진에게 맡기고, 나는 등에 있던 두 번째 창을 끌러 들었다.

"너도 물러나."

당황해서 갈피를 못 잡던 수투까지 뒤로 물리고 나는 성한심결을 극성으로 일으켰다.

창을 좌우로 돌리는 모용칠극의 기수식에 이어, 머리 위에 두고 빙글빙글 돌리자.

쿠우우우웅-

바람 소리와 함께 협곡 전체가 울리기 시작했다.

나를 중심으로 반경 삼 장 넓이에 쌓여 있던 눈이 일제히 터지며 허공에 날았다.

"더, 더 물러나라!"

팽호진이 호들갑 떨며 대원들에게 소리쳤다.

개판을 칠 생각으로 성한심결을 일으킨 것이니 이젠 누

가 소리를 내든 말든 아무런 상관이 없었다.

나는 목소리에 내공을 실어 말했다.

"혈화곡의 살수들은 들어라."

당연히 대답은 없었다.

"눈 속에 숨은 거 안다. 죽기 싫은 놈들은 납작 엎드리도록."

말을 마치자마자 숨을 짧게 들이마시고, 머리 위에 돌리던 창을 오른손으로 고정한 뒤에 몸을 돌렸다.

손아귀가 찢어지는 느낌이 들었다.

일전의 성취가 어느 정도였나 가늠해 볼 의도도 있었는데 아직 회오리를 붙잡을 때 고통이 없을 정도는 아닌가 보다.

찰나에 사색이 된 오전대 대원들과 눈을 마주치고.

다시 전방으로 눈을 돌린 다음 뒤따라오는 창을 손에서 놓았다.

콰콰콰쾅-!

앞을 가로막는 장애물들을 흔적도 남기지 않고 분쇄하며 창이 원형으로 날아갔다.

이것은 모용칠극의 세 번째 절기, 낙월(落月)이다.

지금의 내가 쓸 수 있는 마지막 절기이기도 하다.

그다음 둘을 쓰기엔 내력이 부족하고.

마지막 둘은 뭔지 모른다.

하지만 유성창, 파극, 낙월 셋만으로도 어지간한 고수들을 상대하는 덴 문제가 없다는 게 내 생각이다.

쿠우우우우-

낙월이 쓸고 지나간 자리엔 여전히 돌풍이 남아 있어서 바람 소리는 가시지 않았다.

드디어 맨바닥이 모습을 드러내고.

거기엔 찢긴 살점과 피가 여기저기 흩뿌려져 있었다.

"사 번."

"……곡주를 죽인 게 요행이 아니었군."

"이제 애들 찾을 수 있겠나?"

"있소."

"네가 말한 다른 간부 놈들은 왜 안 나와?"

"방금 절기를 봤으면 나라도 안 나올 것 같소만."

"그 새끼들도 찾아내."

날이 추운데도 수투는 식은땀을 흘리고 있었다.

"알았소."

"오전대!"

협곡이 울리도록 소리치자 대원들이 화답했다.

"예! 대주!"

"이 쥐새끼 같은 놈들이 숨어서 나오질 않는구나. 작전 변경이다. 오인 일조로 나누어서 동혈들을 수색해라."

나는 대원들이 동혈들로 잇따라 들어가는 것을 확인한

뒤에 수투와 함께 그 중간 지점에 자리 잡았다.

불상사가 생기면 최대한 빨리 지원할 수 있도록.

"대주."

어느새 수투도 나를 대주라 부르고 있었다.

"환소옹(幻笑翁)이오."

수투가 가리킨 방향을 바라보자.

웃는 얼굴의 은색 가면을 쓴 늙은이가 나를 바라보고 있었다.

진법을 쓰는 노인네였다.

"모용겸…… 곡주를 죽였다고 해서 대단한 고수인 줄 알았건만 이런 새파란 놈이었을 줄이야."

환소옹의 목소리는 협곡 전체에 기괴하게 울려 퍼졌다. 분명 사람은 전방에 있는데 어디서 들리는지 알 수 없었다.

저게 실체이긴 한가?

환술일 가능성을 배제하지 않았다.

수투가 작게 속삭였다.

"환소옹은 무공이 뛰어난 사람은 아니오."

"보면 알아. 귀찮네. 다른 한 놈은 안 나오나?"

거리가 꽤 멀었는데 대화가 들린 모양이다. 환소옹이 씁쓸하게 웃었다.

"사 번, 곡주가 왜 죽었나 했더니 네놈이 배신했구나. 곡주가 죽었다는 소식을 듣고 반란을 일으킨 놈들이 있었다.

귀곡(鬼哭)은 그때 죽었어."

나는 이해가 안 가서 물었다.

"늙은이, 그런 얘기를 굳이 왜 하나?"

"왜? 왜냐니? 내 심정을 모르겠나? 사 번, 너는 알겠지. 나와 귀곡이 얼마나 곡주에게 충성을 다했는지. 삼십 년의 인내가 하루아침에 물거품이 되었다. 이 자라 같은 놈들."

환소옹이 품에서 무령(巫鈴, 방울 뭉치)을 꺼내 들더니 미친 사람처럼 흔들기 시작했다.

"나는 무공을 모르지, 맞다. 하지만 너희를 여기에 묻어 버릴 수는 있어. 나와 함께 이곳에서 죽자-!"

보통 이런 건 속 사정도 좀 얘기하고 지나가야 하지 않나?

혈교와 관련된 얘기인 모양인데…….

잘 모르겠고 환소옹이 주화입마에 빠졌다는 것은 확실히 알 수 있었다.

천하에 미친놈이 너무 많다.

주화입마는 거창한 이름을 달고 있으나 사실 별것이 아니다.

심마가 원인이든, 순간의 충격이 원인이든 뭐든 간에 사람이 이성을 잃어서 기혈이 뒤틀리면 그게 주화입마다.

다만 내공을 익힌 무인이 미쳐 버리면.

몸에 품은 기운을 주체하지 못하고 혈도가 폭주해 버리기 때문에 위험한 것이다.

육수천은 그렇게 나약한 사내가 아니었으나.

오래 쌓인 심마와 탁기를 늙은 몸이 버티지 못하여 죽은 경우다.

환소옹은 내공을 익혔다고 해도 그 깊이가 얕을 테니 주화입마로 죽을 일은 없다.

저렇게 미쳐서 방울을 흔들다가, 그냥 고꾸라져서 죽어 주면 편할 텐데 말이다.

오전대와 모용겸이 창암산으로 들어간 시각.

하북 각지에서 혈화곡의 살수들과 팽가를 필두로 한 연합 간의 전투가 시작되었다.

개방의 제자들을 데리고 흑시를 습격한 괴각개는 어렵지 않게 의뢰를 수집하던 노인과 살수들을 추살(追殺)했다.

중소문파의 연합체도 마찬가지.

혈교와 관련된 일이니, 장문인들이 직접 나서서 혈화곡에 고아들을 팔아넘기던 흑도 세력 둘을 분쇄했고.

팽가 일전대는 혈화곡에 약재를 공급하던 중소 규모 상단을 급습해 상단주를 추포(追捕)하고 혐의를 입증할 증거물을 확보했다.

무림맹 검대주 백리연은 살수들에게 숙소와 이동 수단

을 제공하던 하오문의 배신자들을 추적 중이었다.

"향주(香主)! 어찌하여 하오문주(下汚門主)의 비호를 받으면서 살수 세력과 결탁하셨소?"

백리연은 포위된 하오문의 차문향주(車門香主, 마부 점조직의 장)에게 소리쳤다.

떠보기 위한 말이었다.

도제로부터의 지시 사항은, 대상이 혈교와의 연결고리를 알았다면 죽이고, 몰랐다면 추포할 것이었다.

"나도 많이 얕보였군. 아무리 마부 출신이라도 그렇지, 후기지수 따위를 붙이다니……."

"그대는 하오문주께서 직접 거두어 향주 자리를 맡겼다고 알고 있소. 목숨을 빚졌으면 백번을 갚아도 모자라거늘!"

고난을 많이 겪어, 삼십 줄의 나이에도 오십 대로 보이는 차문향주였다.

웃는 표정조차도 환하지 않은 사내가 분개하여 미간을 찌푸리니, 희고 맑은 얼굴의 백리연과 대비가 심했다.

"배고픔과 차별을 모르고 자란 네가 뭘 알겠느냐. 하오문주가 날 살렸다고? 언제 부탁이나 한 줄 아느냐?"

백리연은 염치없는 차문향주를 보며 살수 사 번을 떠올렸다.

모용 형은 놈을 살리고자 하는 거 같았는데, 만약 그놈이 이처럼 염치를 모르는 자라면…….

자신이 나서서 죽여야겠단 생각을 했다.

그리고 당장 눈앞에 있는 자가 혈교와 연루되었는지 아닌지는 몰랐으나.

살려둘 놈이 아니라고 판단했다.

"하오문주께는 나중에 죄송하다 말씀드려야겠군. 뵐 일이 있겠나 싶지만 말이야."

백리연이 존대를 거두고 기도를 일으키니 백리세가의 보검이 새빨갛게 물들며 불길에 휩싸였다.

치리리링-! 치링!

환소옹의 방울 소리가 낙월의 여파를 지우고 협곡에 들어차자, 하얗던 시야에 또다시 새하얀 운무(雲霧)가 겹쳤다.

진법으로 이런 장난을 치는 건, 사실 그 기원이 전장에 있다.

수천수만의 병사들이 격돌할 때 환술은 아군의 사기 진작이나 적군의 전력 저하에 크게 영향을 미친다.

따라서 진법을 구사하는 군사의 존재가 전장의 승패를 좌우하기도 한다.

유명한 삼국시대의 설화만 보아도.

제갈량(諸葛亮)과 사마의(司馬懿)가 각종 군략에 더해 이런 환상으로 전장을 주도하지 않았던가.

나 또한 환술을 펼치는 적의 군사를 몇 번 상대해 본 적이 있어서 크게 당황스럽지는 않았다.

그러나 수투는 환소웅이 이 정도 진법을 펼칠 수 있는지는 몰랐던 듯, 호들갑을 떨었다.

"대주, 이런 건 전혀 예상하지 못했소. 정말이오. 알았다면 말했을 텐데 이건……."

이제는 운무가 한 치 앞까지 두텁게 끼여 바로 앞의 수투밖에 보이지 않았다.

나는 목소리에 내공을 실어 말했다.

"진정해라. 자리에 앉아서 가부좌를 틀어. 움직이지 마라."

"아, 알았소."

한숨이 절로 나왔다.

진법은 상대에게 직접적으로 위해를 가하지는 못하나, 펼치는 자의 실력에 따라 정신에 영향을 미칠 수는 있었다.

그렇게 되면 심마가 깊은 수투에게는 치명상이다.

나도 비슷한 상태이긴 하나, 쉽게 당해줄 정도로 경험이 없지는 않다.

나는 숨을 깊이 들이마시고 협곡이 떠나가라 소리를 질렀다.

"오전대! 전원 동혈에서 나오지 말고 자리를 지켜라. 등을 맞대고 가까이 오는 적만 상대하되 쫓지 말라!"

쩌렁쩌렁 울리는 소리에 운무가 잠시 흩어졌다가 제자리로 돌아왔다.

지시를 내렸으니 이놈들이 정신만 똑바로 차리면 죽을 일은 없을 터.

환소옹의 기괴한 웃음소리가 방울 소리에 겹쳤다.

"흐흐흐, 광오한 놈. 이곳이 네놈 묫자리다. 굶어 죽을 때까지 이곳에서 나가지 못할 것이야. 나를 죽인다고 해도 달라지는 건 없다."

"알아."

진법은 자연지기를 이용하는 기술이라 배우려면 적성이 맞아야 하고, 천기(天氣)와 지기(地氣)를 읽을 줄 알아야 하니 공부도 많이 해야 한다.

진법을 발동시킨 기관을 찾지 못하면 시전자를 죽인다 해도 사라지지 않는다.

다만 파훼법이 없진 않다.

나는 진법을 해결하기 전에 먼저 환소옹을 죽여야겠다고 마음먹었다.

"환소옹, 삼십 년을 기다렸다니 무슨 소리인가?"

내가 묻자 환소옹이 비웃었다.

"알 것 없다 이놈. 사지에 몰리니 혀만 살았구나."

"곡주가 죽기 전에 남긴 말이 있는데."

말하며 나도 가부좌를 틀고 앉았다.

넓은 범위의 탐색은 먹히질 않으니, 내력을 실처럼 뻗어서 천천히 환소옹을 찾을 생각이었다.

"곧 혈신이 재림한다고 하더군."

수투가 침을 삼키는 소리가 들렸다.

"혈교의 난 이후로 또 혈마를 키우고 있었나?"

대답이 돌아오지 않아서 나는 혼자서 떠들었다.

"고독을 이용해서는 뭘 하려 했던 거냐? 이곳에서 양성된 살수들은 그냥 쓰고 버릴 용도가 아니었더군. 그렇다기엔 내력도 깊고, 무공도 특이했어. 분명한 목적을 가지고 키워진 놈들이었다."

옆에 앉아 있는 수투가 물었다.

"대주, 지금 무슨 말씀을 하시는 거요."

"들어봐라."

입을 놀리는 동안 내력은 좌우의 벽면에 다다랐다.

집중하면서 말까지 하려 하니 여간 어려운 일이 아니었으나 내공 수발을 연습한다는 생각으로 계속해서 기감을 뻗었다.

"사천의 당가라는 독문이 고독을 해결할 실마리를 쥐고 있다고 했다. 왜 독물들을 모으냐 물어봤지. 그랬더니 이렇게 답하더군."

나는 당소령의 굳은 눈을 떠올리며 말했다.

"사천당가의 비원이 독인(毒人)을 만드는 것이라고 말이야."

그제야 환소옹의 웃음소리가 들렸다.

"그런 독문이 있었다니. 우리와 생각이 비슷하구나. 정파는 아닐 터인데."

"어엿한 정파다. 독을 쓴다고 해서 마도나 흑도로 몰아갈 순 없지. 마음이 올곧고 가는 길이 바르다면 백도이고 정도야."

수투가 물었다.

"그러면 이 고독은……?"

"이놈들이 너희들로 독인을 만들려 한 거다."

본래는 추측이었으나.

"사 번, 너는 그나마 가능성이 있다고 봤는데 배신하다니, 실망이 크다."

환소옹이 확인해 주었다.

"고독을 자력으로 극복하면 자연스럽게 단전과 섞여서 독기를 띤 내력을 지니게 된다…… 뭐 이런 발상이었겠지."

"정확하다. 군부 출신이라 들었는데 어찌 이런 생각을 했느냐?"

환소옹은 공부를 많이 한 사람답게 호기심이 동한 모양이었다.

“어려운 추측이었나? 모르겠군. 내 눈에는 뻔했는데.”

그사이 내력의 실이 어떤 나무에 닿았는데 사람이 그 위에 올라가 있었다. 주변의 자연지기가 요동쳐서 그게 환소옹이라고 반쯤 확신했다.

나는 조용히 일어서서 내력을 일으키지 않은 상태로, 그 나무 위쪽에 창을 집어 던졌다.

무인이 아니라면 듣지도 못할 희미한 바람 소리와 함께 창이 나무 위에 있던 사람에게 적중했다.

“커헉!”

피를 쏟는 소리가 혈화곡 전체에 울려 퍼졌다.

“이야, 맞혔네.”

역시 내가 감이 좋긴 하다.

“쿨럭! 모용겸……. 먼저 가서 기다리마. 크흐흐-.”

환소옹의 단말마가 멎고.

나와 수투는 여전히 운무에 휩싸인 상태로 서로의 얼굴을 바라보았다.

“사 번.”

벙찐 얼굴로 수투가 답했다.

“말씀하시오.”

“내 창 좀 찾아와.”

“…….”

황당하단 표정.

"빨리."

"알았소."

본래 아무리 무공을 깊이 익혔어도 긴장을 풀거나 멍청하게 있으면 눈먼 화살에 죽는 게 사람이다.

환소옹이라고 다를 리가 있나.

무인이 아니라 학사이기도 하고 말이다.

도제 팽연호는 활짝 열린 석가장 대문으로 저벅저벅 걸어 들어갔다.

그가 올 줄 알았다는 듯 석가장 총관이 그를 먼저 맞이했다.

"오랜만에 뵙습니다."

"그래, 오랜만이네."

석가와 인연이 긴 만큼, 총관과도 친한 사이였다. 평소 같았으면 웃으며 인사했을 팽연호였으나 이번만큼은 그러지 못했다.

"명관이 이 친구는 어딨나?"

"대청에서 기다리고 계십니다."

"……."

도제는 석가장 수십 장 밖에서 이미 내부의 상황을 읽었다.

장원 내에는 가주와 총관뿐.

자식과 식솔들은 전부 어딘가로 도망치고 없었다.

"자네는 왜 도망치지 않았어?"

늙은 총관이 덤덤하게 답했다.

"제가 가주님을 말리지 못했으니 책임을 져야겠지요."

"밖에서 기다리시게."

"알겠습니다."

대청으로 들어서자, 태사의에 앉은 석가장주 석명관이 팽연호를 환대해 주었다.

"왜 이리 오래 걸렸어? 기다리느라 목이 빠지는 줄 알았네."

"고민을 좀 했지."

"무엇을?"

"친우를 죽여야 하는데 고민이 안 되겠는가? 나도 사람이네."

석명관은 무공을 익힌 사내가 아니었다.

그래서 덩치가 크지도 않고, 기도도 없었다.

다만 하북에서 팽가 다음가는 장원을 책임지는 자였기 때문에, 신경 쓸 일이 많아 쉰을 넘긴 나이에도 불구하고 호리호리하고 인상이 날카로운 자였다.

"자네도 많이 늙었구먼. 내가 아는 팽연호는 그런 고민을 하는 자가 아니었는데."

"식솔들은 왜 물렸나? 그래도 실력이 나쁜 자들은 아니었는데."

"도제를 상대로는 그런 친구들 천 명이 있어도 못 버티겠지. 오랫동안 나를 지켜준 자들이니 살라고 보냈네."

"내가 살려둘 것 같은가?"

"운이 좋은 몇은 살아남겠지."

"단 한 명도 살아남지 못할 것이야."

여전히 말라서, 안쓰럽게 보이는 친우의 얼굴을 보며 팽연호가 이를 악다물었다.

"왜 혈교를 지원했나? 전대 장주께서 혈마의 손에 명을 달리하셨거늘."

"……그랬지."

"대답하게."

"연호야."

"그렇게 부르지 말고."

"교는 무서운 집단이야. 조직이라고도 못 하겠군. 교도들은 다들 나처럼 무공 한 줄 모르는 사람들이니 말이네."

"자네를 겁박하기라도 했나? 왜 나를 찾아오지 않았어? 맹에라도 연락을 취했으면……."

"아니, 아니. 그런 게 아니네."

석명관이 태사의에서 일어서며 팽연호에게 다가갔다.

"전대 맹주께서 아무 말도 하시지 않은 모양이군."

"석명관이, 이 친구야."

"왜."

"왜 알아먹지를 못하나."

"아……. 다 알고 있었군, 자네."

"이번에 알았네."

석명관이 허탈하게 웃으며 고개를 끄덕였다.

"그렇겠지."

석가장의 전대 장주는, 혈마의 손에 죽은 게 아니라 전대 맹주의 손에 죽었고, 혈교의 하수인이었다.

그것을 알고도 전대 맹주는 석가의 씨를 말리지 않았다.

삭초제근(削草諸根)이라는 강호의 대원칙을 어긴 것이다.

어찌하여 전대 맹주가 그런 선택을 했는지 이제는 알 길이 없었다.

"명관아, 왜 혈교를 지원했어. 맹주께서 자비를 베푸셨거늘……."

"나는 혈교가 만들 새 시대를 보고 싶었네. 팽가도, 무림맹도, 그 어떤 거대 문파도 없이 오로지 개인의 무력만으로 돌아가는 세상이라 했네. 궁금하지 않은가?"

"그건 혈교의 교리가 아니라 마교의 교리일세."

"아니, 다르네. 다르기 때문에 우리는 마교로부터 벗어난 것이야. 마교는 천산(千山)에 틀어박혀서 썩어버렸어."

팽연호는 석명관의 말을 이해할 수 없었다.

아무리 심문해도 이런 선문답만 반복된다는 게 교도를 상대할 때의 문제였다.

팽연호가 칼을 뽑아 들었다.

"남길 말은 있는가?"

"자네는 내 식솔들을 반드시 추살하겠지."

"그래."

"그래서 나도 혈화곡에 안배를 해두었네."

"뭐라?"

"오전대가 창암산으로 갔더군. 젊은 친구들인데 미안하게 됐어. 그 친구들은 혈화곡에서 나오지 못할 걸세."

팽연호는 순간 미간을 찌푸렸으나 이내 걱정을 지웠다.

"오전대만 간 게 아니라 괜찮네."

그러고는 망설임 없이 칼을 휘둘러 친구의 목을 베었다.

같은 시각, 팽연호가 믿은 젊은 대주는 아이들을 확보한 뒤 또다시 회오리를 일으키고 있었다.

12장
결단

"창 찾아왔소."

수투가 환소옹의 시체와 함께 내게 창을 건네주었다.

가면을 벗겨보니, 환소옹은 얼굴 절반이 화상 흉터로 일그러진 노인이었다.

수투가 그 얼굴을 보며 말했다.

"내가 삼십 년을 이곳에 드나들면서 이자의 얼굴을 본 건 처음이오."

"혈교의 난 때 입은 상처일 거다. 내가 보기에 이곳은 혈교에서 좌천된 자들이 모인 곳이야. 곡주도 내상이 깊었다."

"소속도 모르고 살았으니……. 허망하오. 나는 그냥 실험체였군."

"이제라도 알았으면 됐지."

환소옹의 얼굴에 다시 가면을 얹고 나는 성한심결을 일

으켰다.

대원들을 불러 모을 차례였다.

별다른 소리가 나지 않는 것으로 보아 큰 싸움은 없는 듯했다.

"오전대! 아이들을 확보하는 대로 바람길을 따라 집합해라!"

소리치며 나는 머리 위로 창을 돌려, 내 주변 삼 장 너비로 운무를 밀어냈다.

시야가 트이자 수투가 한숨을 내쉬었다.

환소옹도 무림에서 오래 살아남은 것치고는 판단력이 글러 먹은 사내인 게.

불길을 일으키는 진법이었다면 내가 이렇게 대처하지는 못했을 것이다. 바람에 오히려 불길이 강해졌을 테니 말이다.

주화입마에 들지 않아서, 이성이 멀쩡했다면 다른 진법을 펼쳤을까?

화상 흉터가 심마로 남아서 불에 거부감이 있었을 수도 있다.

물어볼 사람이 이미 죽어서 나는 놈이 심리적으로 몰린 상태였을 거라 짐작할 뿐이었다.

'기관이 어디에 있나.'

대원들이 돌아오기를 기다리며 환소옹을 찾았을 때처럼

주변으로 실타래를 뻗었다.

이것 또한 내공 수발의 수련이다.

얼마 지나지 않아 대원들이 속속들이 모여들기 시작했다.

"고생했다."

나는 도착한 대원들에게 이렇게 한마디씩을 건넸다.

"고생하셨습니다, 대주."

"아직 안 끝났으니 긴장을 늦추진 말아라."

"예."

바람을 길잡이로 동혈에서 나온 대원들은, 아이들과 포박한 살수들을 데리고 있었다. 저항이 거칠지 않았는지 다들 큰 상처는 없었다.

아마 내 절기를 보고 전의를 상실했을 터.

다 같이 진법에 갇혀서 굶어 죽자는 환소옹의 목소리가 협곡 전체에 울려 퍼지기도 했고 말이다.

인원을 확인한 팽호진이 말했다.

"다 모였습니다, 대주님."

나는 대원들이 데리고 온 아이들을 훑어보았다.

대부분이 십 대 초반으로 보였고 몇몇은 일고여덟 살 정도. 나이 많은 아이들이 끌어안고 있는 한두 명은 다섯 살배기로 보였다.

하나같이 몸이 말랐고 손에는 상처가 가득했다.

겨울이라 그나마 옷은 제대로 갖추어 입은 게 다행이라

여겨졌다.

나를 바라보는 눈초리가 잔뜩 겁에 질려 있었다.

“애들은 몇 명이냐.”

팽호진이 계속해서 답했다.

“총 서른세 명입니다.”

“살수는.”

“아홉을 죽이고 셋이 투항했습니다.”

수투에게 물었다.

“왜 이렇게 적어?”

“대주의 절기에 많이 죽었소. 반란이 있었다니 그때도 많이들 죽었을 것이고.”

놈은 아이들 쪽을 바라보지 않으려고 시선을 다른 곳에 돌리고 있었다. 나는 짧게 생각을 정리하고 대원들에게 지시 내렸다.

“지금부터 진법을 깰 테니 아이들을 지킬 수 있도록 진형을 짜라. 각자 호신공을 극성으로 일으켜.”

진법을 파훼하는 정석은 생문(生門)에서 사문(死門)에 이르는 여러 기관을 역순으로 해제하는 것인데.

말하는 동안 내가 찾은 건 세 군데뿐이었다.

내가 진법을 공부했다면 모를까 어차피 절차를 밟아 파훼할 수는 없다.

전장에서도, 우리 적각기마대는 가장 강한 무력대였지

머리를 잘 쓰는 편은 아니라 이런 일은 어지간해선 힘으로 해결하곤 했다.

당황한 대원들을 두고 저벅저벅 앞으로 걸어 나가서, 생문으로 추정되는 기관에 다짜고짜 절기를 꽂아버리던 육수천을 기억한다.

그때 육수천이 썼던 절기와 지금 내가 쓸 수 있는 절기들의 위력을 비교하면…….

지금의 유성창이나 낙월로는 진법을 깰 수 있을 거란 보장이 없었다.

이런 건 또 잘못 건드리면 진법이 어설프게 망가져서 정말로 빠져나가지 못하게 될지도 몰랐다.

"더 물러나라!"

나는 대원들과 아이들이 시야에서 사라지고 난 뒤에, 창을 좌우로 돌렸다.

목표물은 처음 환소옹이 서 있었던 자리 뒤편의 고목(古木).

'유성창 다음 단계가…….'

뭘까.

전장에서는 유성창을 펼칠 때마다 창을 버렸으나 이제 강호에 들어왔으니.

내가 신창(神槍)이라 불릴 만한 창을 얻었을 때를 가정했다.

버릴 수 없는 보물을 쓰면서 투창을 자유롭게 운용하려면 일단 허공섭물(虛空攝物)에 능해야 한다.

하지만 그건 내공수발이 극성에 다다라야만 실전에 응용할 수 있다.

그러면 그전에는.

회오리를 휘감은 창을 던지는 대신에 강기를 뻗어내는 게 최선이라 할 수 있겠다.

창이 있을 자리에 어쨌든 뭔가가 있어야 바람을 붙잡아 둘 수 있을 테니 말이다.

콰우우웅-

바람 소리가 거칠어지고.

나는 창에서 강기를 길게 뽑아내었다.

창이 지나가는 자리에 비단처럼 뽑혀 일렁이는 강기를 압축해서, 창대에 집중시켰다.

혈도가 터질 것 같았다.

좀 무리했나.

창강을 쓰는 것도 만만치 않은 일인데.

성한심결을 극성으로 운용하고, 동시에 내력의 당기는 성질을 유지하고 있으니 지금까지의 내 성취를 아득히 뛰어넘었다.

신경 쓰지 않았다.

모용칠극이 창술이면서 그 이름에 창 극(戟) 자를 쓰지 않고 다할 극(極) 자를 쓰는 건 매 순간 한계에 부딪히라는 뜻을 내포하고 있기 때문이다.

이제는 모인 기운을 발출할 차례.

"흐읍-!"

숨을 들이마시고.

양다리로 단단하게 땅을 받친 뒤에.

쿠웅-!

진각을 밟으며 창을 허리춤에 잡아 세웠다.

온몸이 찢겨 나가는 듯한 고통을 견디며 창을 앞으로 내지르니.

백색 유성과 함께 회오리가 고목으로 쇄도했다.

멀리서 들으면 어떤 소리가 날지 모르겠으나 나는 바람 소리 때문에 귀가 먹먹해서 아무것도 듣지 못했다.

유성검, 유성창에 이어.

이건 유성표(流星飄)라 불러야겠다…….

생각하며 나는 내 절기의 여파에 밀려 넉 장 거리를 날아갔다.

콰아아아앙-!

뒤늦게 소리가 밀려오고.

먼지를 마셔서 기침하며 고개를 들었을 때 운무는 완전히 사라지고 푸른 하늘이 날 맞이해 주었다.

석가장에서 한달음에 창암산으로 향한 팽연호는, 협곡 한쪽 절벽에 올라서서 새하얀 운무로 가득 찬 아래를 내려다보았다.

안력을 집중해도 내부가 보이지 않았다.

"이런……."

자신이 보기에도 만만한 진법이 아니었다.

결계라고 불러도 될 정도.

이런 결계는 외부에서는 파훼할 방법이 많지 않다.

내부에서라면 모를까…….

며칠간 보았던 모용겸의 실력이라면 어떻게든 방법을 찾아낼 테니, 작은 균열이라도 생겼을 때 도와줄 생각으로 그는 촉각을 곤두세웠다.

그런데 얼마 지나지 않아 운무가 거칠게 들썩이더니 새하얀 빛무리와 함께 굉음이 터져 나왔다.

팽연호는 자신도 모르게 칼을 뽑아 들고 기도를 일으켰다.

좁은 협곡 한 방면에 거대한 바람구멍이 뚫렸다.

폭풍과 함께 운무가 사라지고 팽연호는 고개를 한껏 들어 올린 모용겸과 눈을 마주쳤다.

-잠시 기다려 주십시오.

까마득한 거리에서 전음이 날아들었다.

팽연호는 모용겸과 조금 떨어진 자리에 모인 사람들을 보고 말했다.

-결단은 내렸느냐?

-지금 알아보려 합니다.

-기다리마.

도제는 절벽에 걸터앉아 가부좌를 틀고, 어린 조카를 지켜보았다.

"괜찮으시오?"

대원들에게 돌아가자 수투가 물었다.

"너희는."

"시간이 충분했던 덕에 막을 수 있었소."

나는 고개를 끄덕이고 겁에 질린 아이들을 향해 말했다.

"겁먹지 말아라."

그러자 대장 노릇을 하는 소년이 나를 똑바로 바라보며 고개를 저었다.

"저흴 구하러 오신 게 아닙니까?"

"맞다."

"……감사합니다. 대협."

"혈화곡주는 죽었다. 너희는 이제부터 무림맹의 보호를

받게 될 테니 안심해라. 고독도 어떻게든 해결해 주마.”

숨을 참고 있던 아이들 사이에서 훌쩍이는 소리가 흘러나왔다.

“그전에, 내가 묻는 말 몇 가지만 답해줘라. 할 수 있겠나?”

다른 아이들이 눈치를 보고 소년이 답했다.

“제가 하겠습니다.”

“좋아. 팽호진, 살수들을 데려와라.”

일부러 떼어놓았던 살수들을 아이들과 대면시켰다.

팽호진과 대원들이 투항한 살수 세 놈의 머리채를 붙잡고 질질 끌고 와, 땅에다 머리를 내려찍었다.

돌무더기가 튀고 살수들이 눈을 부라리며 침음을 냈다.

나는 놈들을 무시하고 소년에게 물었다.

“얘야, 너는 여기서 뭐라고 불렸니.”

“저는 칠십이 번입니다.”

“밖에서는.”

“삼군(三群)이라 불렸습니다.”

나이를 먹고 납치된 애들은 이름을 기억할 것이라 짐작했는데 맞았다.

“그것도 평범한 이름은 아닌데.”

“저는 개방도였습니다.”

거지여서 납치하기가 수월했을 것이다.

"삼군아. 여기 이 세 놈 중에 하나라도 내가 살려놓을 놈이 있느냐. 네가 골라봐라."

제압당한 살수들의 얼굴을 유심히 들여다본 삼군이는, 절레절레 고개를 저으며 살수들과 아이들을 번갈아 가리켰다.

"없습니다. 저놈은 여기 이 아이들을 납치해 온 놈이고, 나머지는 틈이 날 때마다 저희를 패는 게 일상이었습니다."

살수들이 바닥에 처박힌 채로 입을 열었다.

"하하하, 이 빌어먹을 꼬맹이가 잘해줬더니 아주……."

"좋아진 거라고 하지 않았냐, 이-."

내가 고갯짓하자, 대원들이 살수들의 입을 틀어막았다.

"데려가 죽여라."

"예, 대주님."

살수들이 저편으로 질질 끌려갔다. 곧이어 짤막한 비명소리가 들렸다.

삼군이가 질끈 눈을 감고, 뒤에 있던 다른 아이들은 자기보다 어린 동생들의 귀를 알아서 막아주었다.

실눈을 뜬 삼군이에게 물었다.

"미안하다. 속은 좀 풀리느냐."

"……예, 감사합니다."

"나머지도 다 죽였으니 마음에 담아두지 말아라."

삼군이는 내 말을 듣고 수투에게 시선을 돌렸다.

"저 사람은……."

"사 번, 가까이 와라."

수투가 마른침을 삼키고 아이들 앞에 꿇어앉았다.

"이놈을 아느냐."

"예."

"뭐라 불렀느냐."

"사 교관이었습니다."

삼군이가 수투를 빤히 바라보았고, 수투는 녀석의 눈을 순간 피했다가 마주 보고 말했다.

"칠십이 번."

"예."

"내가 했던 말을 기억하나."

"……예."

"이름을 잊으라 했지."

"그러셨습니다."

"왜 잊지 않았나."

나는 수투가 알아서 입을 놀리게 내버려 두었다.

어쩌면 놈이 살아서 나눌 수 있는 마지막 대화일지도 모르기 때문이다.

"……어떻게 잊겠습니까."

삼군이가 수투를 바라보는 눈은 다른 살수 놈들을 볼 때와 조금 다르긴 했다.

"나는 잊었다."

수투는 그렇게 말하고 다른 아이들을 바라보았다.

"너희들도 이름을 기억하느냐?"

몇몇이 고개를 끄덕이고, 몇몇은 고개를 저었다.

"미안하단 말은 않겠다. 나는 그렇게 하는 게 이곳에서 살아남는 방법이라 믿었고, 그렇게 살아남았어. 사과한다 해도 내가 너희를 납치하고, 고문한 놈들과 함께였다는 사실은 변하지 않겠지."

한숨 소리가 들렸다.

"살아남아서 다행이다. 이름이 기억나지 않으면 너희들끼리 지어라."

"……."

수투가 눈을 감고.

삼군이는 나와 눈을 마주쳤다.

"대협."

"말해라."

"다른 사람들도 다 죽였다고 하시지 않았습니까?"

"그랬지."

"여기 사 교관님과 함께 몇몇은, 저희를 사람으로 대했습니다. 적어도 저는 그렇게 느꼈습니다."

"그놈들 번호를 읊어봐라."

"십이, 이십사, 삼십일로 기억합니다."

십이 번은 내게 강침 다발을 날렸다가 죽었고, 나머지는 누군지 모른다.

"다 죽었다."

"……."

나는 망설이는 삼군이를 대신해서 말했다.

"내가 이놈을 살려서 써도 되겠느냐."

"잘 모르겠습니다."

"알았다."

수투가 아이들에게 건넨 말은 지금껏 내가 보아온 놈의 성정에 걸맞은 것이었다.

나는 마지막 확신을 얻고 수투를 불렀다.

"사 번, 따라와라."

미동도 없이 앉아 있던 수투는, 일어서서 마지막으로 아이들을 둘러본 다음 내 뒤를 따랐다.

나는 팽호진에게 살수들의 시신을 수습하고 동혈 안쪽에 남아 있을 약재들을 수거하라고 지시한 뒤에, 수투와 잠시 걸었다.

"내가 널 몇 번이나 살려야겠냐."

천천히 걸어서, 내가 유성표를 펼쳤던 자리로 가며 물었다.

“두 번이나 목숨을 빚졌으니, 언제든 거두어가도 좋소.”

“삼십 년이 넘도록 힘겹게 살아남았을 텐데 그걸로 만족하나?”

“주어진 자리에서 발악은 해보았으니, 후회는 없소.”

“알았다.”

나는 성한심결을 일으키며 수투를 구멍 뚫린 협곡 쪽에 세웠다.

“남길 말은.”

“없소.”

“염병할 놈이…….”

몇 번 무리를 한 터라 목소리가 갈라졌다. 나는 내공을 실어서 협곡 위에 소리쳤다.

“백부님!”

그러자 바람을 가르는 소리와 함께 도제가 하늘에서 뚝 떨어져, 나와 수투 사이에 가볍게 내려섰다.

“이놈은 살려서 써야겠습니다. 한 가지 맹세를 받을 테니 공증인이 되어주십시오.”

팽연호가 말없이 고개를 끄덕이고.

수투는 다리에 힘이 풀린 듯, 바닥에 허물어져 앉으며 나를 멍하니 바라보았다.

13장
맹세

나는 이제 군인이 아니다.

군에 있었을 때는 눈앞에 닥치는 적들을 당연하다는 듯이 베어 넘겼다.

투항한 포로들은 때때로 죽이고, 때때로 살렸으나 결국은 내 의사가 아니라 위에서 내려온 지시대로 이행한 것이었다.

이제 강호에 들어와 나 홀로 오롯이 서게 되었으니.

앞으로는 살릴 자와 죽일 자를 구분하고, 살린다면 내 휘하로 거두어 그 목숨을 내 책임하에 두어야 하리라.

그러지 않는다면 나도 언젠가는 마두로 불리며 무림맹의 추격을 받게 되는 날이 올 것이다.

주저앉은 수투에게 말했다.

"일어서라. 도제께서 앞에 계시는데 무례하게 무슨 짓이냐."

수투는 흐트러진 숨을 고르며 일어서서 팽연호에게 포권을 취했다.

"죄송합니다. 추태를 보였습니다."

팽연호는 괜찮다며 손사래 치고 말을 아꼈다.

나를 배려한 것이다.

"사 번, 너는 앞으로 살인을 금한다. 나를 따라다니면서 내 행보를 지켜봐. 나도 너를 지켜보마."

"……."

"앞으로 네 삶에 살인은 없을 거라 맹세해라."

수투가 망설였다.

새삼 이놈도 보통 고집이 아니다.

"……살수로 살아온 세월이 삼십 년이고, 그만큼 사람과 섞이지 못한 지도 오래되었소. 날 믿으실 수 있겠소?"

"네가 또다시 살인을 저지르면 내가 너를 죽이고 도제께 내 처분을 여쭐 것이다."

"나 같은 놈을 왜 그리 살리려고 하시오."

제 인생을 불쌍히 여겨서.

살길을 열어줘도 자신 있게 발을 들이지 못하는 놈이다.

"내가 마인(魔人)이 되지 않기 위한 초석이다. 네 심마가 깊은 만큼 나도 깊다. 하나하나 다 죽이고 가다 보면 분명 주화입마에 빠져서 미치게 되겠지."

"……."

"내게 충성을 바치고, 너도 나를 지켜보는 거다. 내가 정도에서 벗어나면 네가 나를 죽이고 자결해. 무슨 말인지 이해되나?"

"내가 어떻게 당신을 죽이겠소. 천 번을 덤벼도 상대할 수 없을 텐데."

"살수가 살수답게 굴어야지. 그래야만 한다면 등 뒤에서 확실하게 찔러라. 독도 쓰고. 네가 할 수 있는 한 가장 비열하게."

내 말을 듣던 팽연호가 숨을 한번 깊게 들이마시더니 뻥 뚫린 협곡으로 고개를 돌렸다.

무슨 일인진 몰라도 마음이 싱숭생숭한 모양이다.

"그러잖아도 수족으로 쓸 자가 필요하던 참이었다. 살려줄 때 손을 잡아. 제갈량도 삼고초려인데 염병……. 살려주는 건 난데 내 말이 이렇게 길어져야겠나?"

수투가 피식 웃고, 곤란하다는 듯 제 눈썹을 비비다가 천천히 한쪽 무릎을 꿇었다.

놈의 말투가 바뀌었다.

"남길 것이 아무것도 없는 인생이었습니다."

"안다."

"잘하는 거라곤 사람 죽이는 게 다인데, 살인을 금하셔도 괜찮으시겠습니까?"

"내가 더 잘하니 괜찮아."

"주인으로 모시겠습니다. 제게 다르게 사는 길을 열어주십시오."

나는 고개를 끄덕이고 팽연호를 바라보았다.

팽연호가 수투를 일으켜 세웠다.

"사 번이라 했나."

"예."

"네 맹세를 내가 보증하마. 너의 출신을 빌미로 겸이를 음해하는 자가 있다면 그자는 팽가와 전쟁을 치러야 할 것이다."

"예."

"맹세를 어겨서, 네 주인을 내가 죽이는 날이 와선 안 될 것이야."

"명심하겠습니다."

팽연호가 나를 보며 말을 이어갔다.

"겸아."

"예, 백부님."

"어려운 길을 굳이 걷는구나."

"항상 그래 왔습니다."

"내가 오늘 너에게 배운다. 나는 먼저 복귀할 테니 천천히 돌아와라."

"돌아가서 다시 뵙겠습니다."

"오냐."

팽연호는 다른 말 없이, 훌쩍 뛰어올라서 협곡 위로 사라졌다.

우리는 인근 마을에서 마차 여러 대를 구한 뒤에, 아이들을 태우고 느긋하게 팽가장으로 복귀했다.

혈화곡은 후발대로 도착한 무림맹원들에게 추가 조사를 맡겼다.

고독을 다스리는 약 한 포대를 수거해서, 당분간은 아이들이 고독 때문에 죽을 걱정은 하지 않게 되었다.

의선 어르신과 당소령이라면 그런 약쯤은 또 만들 수 있을 것이다.

그리고.

"사 번, 이제는 이름이 필요할 거다. 생각해 둔 게 있나?"

복귀하는 사이에 수투가 새로 쓸 이름을 생각했다.

"없습니다. 그런 생각을 하면 마음이 흐트러질 것 같았습니다."

"그럼 내가 지어주마. 앞으로 네 이름은 화명(華命)이다."

"제가 쓰기엔 너무 거창하지 않습니까. 꽃 사이에 피어난 목숨이라니……."

"본래 삼십칠 번에게 지어주려 했던 이름이다."

열여덟의 청년이 쓰기엔 괜찮은데.

중늙은이 사 번이 쓰기엔 다소 과한 감이 없진 않다.

"싫으면 말고."

"아닙니다. 감사합니다."

팽가에 도착하자마자, 하북 각지로 흩어졌던 무인들의 회담이 열렸다.

아이들을 달고 오느라 내가 가장 늦게 복귀했기 때문이다.

열흘이 넘게 걸렸다.

"각자 돌아가면서 말하지."

괴각개가 자기 앞에 놓인 상자를 열며 운을 뗐다. 상자 안에는 비쩍 마른 노인의 머리가 있었다.

"도제는 이 얼굴을 알 걸세."

팽연호가 고개를 끄덕였다.

"잘 알지."

"혈교의 난 때, 광혈대(光血隊) 부대주를 지냈던 자야. 당시에 내상을 입고 도주했는데 죽은 건 확인을 못 했었지."

백리연도 자신이 추살한 하오문 차문향주의 머리를 보여주며 말을 얹었다.

"차문향주도 혈교 출신 인물을 하오문주께서 거둔 것이라 압니다."

그다음엔 팽연호가 석가장주와 총관의 목을 내보였다.

"석가장도 혈교의 후인들이었다. 전대 맹주께서 무슨 생각으로 살려두신 지는 모르겠다만."

목숨을 빚지고도 배신하는 자들이 이렇게 많다.

나도 언젠간 화명에게 뒤통수를 맞게 될까.

모르긴 몰라도, 석가의 씨를 말리지 않은 전대 맹주가 나와 비슷한 성정을 지닌 인물이었으리라 짐작했다.

사람 목을 이렇게 꺼내놓고 떠들고 있으니 분위기가 영 꺼림칙했다.

모르는 사람이 봤으면 우리가 혈교인 줄 착각했을 것이다.

'흉흉하다, 흉흉해.'

전장에선 이럴 일은 없다.

새삼스레 강호에 들어왔다는 걸 상기하며 나는 입을 닫고 듣기만 했다.

혈교의 생존이 확인되었으니 무림맹 본단에 보고가 올라가면 대대적인 색출 작업이 이루어질 거란 이야기.

그리고 지난 삼십 년간 없었던 큰 공로이니 그것을 어떻게 분배할까, 하는 이야기가 오갔다.

"겸아."

묵묵히 끄덕거리는데 갑자기 팽연호가 나를 불렀다.

"네가 전한 정보로 시작된 소탕전이었다. 맹에서 큰 포상을 내릴 것이야. 집으로 전달하면 되겠느냐?"

"어떤 포상입니까?"

"제 일 공로자로 네 이름을 알릴 거고, 금전이나 영약이 내려질 게다."

이건 좀 곤란하다.

혈교와 연관된 조충헌이 내 꼬리를 밟아서 후환을 제거하려 시작한 일인데, 이렇게 되면 이목이 내 쪽으로 쏠릴 테니 말이다.

"보고에 제 이름은 빼주십쇼. 팽가와 이 자리에 계신 다른 분들이 포상을 나누어 받는 걸로 하고 저는 빠지겠습니다."

백리연이 펄쩍 뛰었다.

"형님, 왜 그러십니까? 강호에 이렇게 출두하는 사람이 드뭅니다. 앞으로 이름이 널리 알려질 것인데……."

"아직 때가 아니야. 너나 나머지 분들은 뒷배가 든든하지만, 나는 일개 상인의 아들이다. 혈교의 주적으로 지목되면 어떻게 되겠어?"

"아."

그럴 줄 알았다는 듯 팽연호가 말을 이어갔다.

"그러면 공식 보고에 네 이름을 빼고, 내가 맹주께만 따로 언질을 드리마. 그 정도는 괜찮겠지?"

"비공식 포상도 얼마든지 좋긴 합니다."

너스레를 떠니 팽연호와 괴각개가 웃었고, 나머지도 별 희한한 놈 다 본다는 듯이 실실거렸다.

"그것도 따로 얘기해 보마."

딱딱한 이야기를 마치고.

이번 작전에서 다치거나 목숨을 잃은 무인들을 위로하는 의미로 술을 한 잔씩 나누어 마신 뒤에 해산했다.

밖으로 나오니 날이 쌀쌀했다.

"고생하셨습니다."

지저분하게 자라 있던 수염을 밀고, 머리를 깔끔하게 틀어 올린 화명이 날 보고 포권을 취했다.

함께 나온 백리연은 영 적응이 안 되는 모양이었다.

"결국 살리셨네요."

"힘들었다, 힘들었어. 이 자식이 고집은 더럽게 세서."

화명은 굳은 얼굴로 죄송하다고 말한 뒤에, 백리연에게 말했다.

"화명이라는 이름을 받았습니다. 편하게 대해주십시오."

"어, 어. 알겠네."

세가 공자답게 하대가 자연스러웠다. 화명을 위아래로 훑어본 백리연이 한마디를 더했다.

"뒤통수치거나 하면 내가 무슨 일이 있어도 자넬 추살할 테니 조심하고."

"공자님이 아니어도 도제께서 먼저 쫓아오실 테니 걱정하지 않으셔도 됩니다."

"크흠."

상하 관계가 정해지면, 응당 기가 죽을 만도 한데 화명은 그런 것이 없어서 마음에 들었다.

우리는 어디로 갈지 상의도 하지 않고 자연스레 의당으로 향했다.

혈화곡에서 데려 나온 아이들을 전부 의당에서 치료하고 있기 때문이다.

원래 같았으면 당소령이 우리를 맞아주었을 텐데 의당은 전에 없던 시비들까지 달라붙어서 눈코 뜰 새 없이 바빠 보였다.

약재를 잔뜩 들고 마당을 가로질러 가던 당소령이 우리를 발견하고 말했다.

"왔으면 좀 도와줘요."

서른 명 넘는 애들을 덜렁 맡겨놓고 바로 회의에 갔다 온 터라 좀 심통이 난 듯했다.

"당 소저, 나도 내상을 입은 몸인데."

"심해요?"

"그 정돈 아니고."

"이따가 따로 봐드릴 테니까 빨리요. 지금 이럴 시간도 없어요."

시비들이 데운 물과 옷가지들을 들고 바쁘게 오가며 멀뚱히 선 우리를 힐끗힐끗 바라보았다.

백리연이 팔꿈치로 날 툭툭 건드리고 말했다.

"당 소저, 뭐부터 도와드리면 되겠소?"

"약재를 달이고 있는데 장작이 부족해요. 후원에 잔뜩 쌓아놨으니까 패서 안으로 가져와 주세요."

"알겠소."

후원으로 가니, 삼군이가 나와서 장작을 패고 있었다.

녀석도 먼 길을 오느라 힘들었을 텐데 그래도 데려온 아이들 사이에 맏형이라고 일을 자처한 모양.

머리를 질끈 묶고 묵묵히 일에 집중하는 모양새로 보아, 무공을 익히는 자질도 나쁘지 않았을 것이다.

"삼군아."

내가 부르자 삼군이는 허리를 펴고 환하게 웃으며 인사했다.

씻기고, 멀끔한 옷을 입혀놓으니 개방이나 살수와는 전혀 인연이 없는 얼굴로 보였다.

"대협, 오셨습니까."

"고생이 많다. 오자마자."

"아닙니다. 저는 멀쩡하니 일을 해야지요. 오랜만에 평범한 일을 해서 오히려 기분이 좋습니다."

나는 소매를 걷어 올리고 머리를 묶은 뒤에 삼군이에게서 도끼를 뺏었다.

"이제 내가 하마. 들어가 쉬어라."

녀석이 난처해하면서 눈치를 봤는데 하필 거기 있던 게 화명과 처음 보는 백리연이었다.

화명은 괜히 헛기침하며 삼군이에게 말했다.

"들어가라. 은인께서 말씀하시지 않느냐."

열흘간 창암산에서 북경으로 오며 둘은 어색하게나마 말을 나누고, 서로의 사정을 이해했다.

"옆에서 장작 나르는 것이라도 돕겠습니다."

화명이 나를 힐끗 보고 대답했다.

"그래라."

장작이 제대로 말라 있지 않아서, 내가 패면 백리연과 화명이 내력으로 습기를 날렸다.

손이 닿을 때마다 치이익- 소리를 내며 장작에서 김이 모락모락 올라오는 걸 보고 삼군이는 입을 다물지 못했다.

얼마 지나지 않아 산처럼 쌓여 있던 나뭇더미가 바싹 마른 장작들로 탈바꿈했다.

다음엔 장작을 안쪽으로 옮기려고 다들 한 무더기씩을 짊어지려 했는데…….

나는 허리를 숙이는 화명을 멈춰 세웠다.

"잠깐만."

허공섭물을 시도해 볼 생각이었다.

"삼군아, 잘 봐라."

"예?"

장작 하나를 목표로 삼고 손을 뻗어서 내력을 일으켰다.

허공섭물은 다른 무학과는 궤가 다르게, 내력의 깊이보다는 의념(意念)의 집요함에 더 크게 영향받는 잡기(雜技)다.

염계(炎界)의 무학이 아니더라도 내력이 자연스레 열기를 일으키는 것처럼, 수련하려고 마음먹으면 딱히 비급이나 구결 없이도 수련할 수 있다.

물론 무림인 대다수가 죽었다 깨어나도 바늘 하나 움직이지 못할 테지만 말이다.

쇠뿔도 단김에 빼라고.

오는 길에 젓가락으로는 충분히 연습했다.

실처럼 잇는 내력이 아니다.

장작 자체에 내 의념을 전달하는 것.

'와라!'

덜컥- 하며 장작이 슬쩍 엉덩이를 떼었다 붙였다.

"음, 봤냐?"

아직 좀 무겁다.

"예?"

"방금 움직였잖아."

"한 번 더 보여주십니까?"

그러기엔 혈도가 살짝 아렸다.

알맞게 건물 안쪽에서 시비의 목소리가 들렸다.

"삼군아, 불 다 꺼진다!"

"아, 예! 다 됐어요."

나는 실실 웃으며 삼군이의 머리를 헝클고 장작을 한 무더기 집어 들었다.

14장
팽가장의 겨울

열흘 정도를 의당에 드나들며 내상을 치료받는 겸, 일을 도와주었다.

제대로 먹지 못한 아이들을 위해 인근 산에서 약초를 캐거나 보양식이 될 만한 짐승들을 잡기도 했고.

잡다하게 장작을 패거나, 조금 단단한 마른 약재들을 갈거나.

힘쓰는 일을 도맡아 했다.

혈화곡을 처리하고도 곧장 집으로 가지 않은 건 물론 내가 저질러 놓은 일 때문이다.

고독은 팽윤과 당소령에게 맡긴다 쳐도, 애들이 기운을 차리고 뛰어노는 모습 정도는 보고 떠나려 했다.

그런데 며칠 전에, 집에서 서찰이 왔다며 팽연호가 나를 호출했다.

"연락을 하셨었습니까?"

저녁 식사 자리였다.

"네가 온 날 바로 했다."

나는 밥상머리에 앉아서 젓가락은 집지 못하고 한참 동안, 몇 번이고 반복해서 서찰을 읽었다.

오랜만에 보아도 익숙한 아버지의 필체였다.

「죽은 줄 알았던 내 아들 겸아.

큰일을 겪고, 또 큰 골칫거리를 달고 북경에 도착했다고 들었다.

근 몇 년 소식을 듣지 못한 게 야속하나, 사정이 있었을 거라 짐작한다.

돌아오면 크게 혼날 테니.

해야 할 일을 제대로 마무리하고, 천천히 돌아오거라.

그동안은 전전긍긍하며 소식을 기다렸으나 이제는 마음을 놓을 수 있겠구나.

길이 멀다.

날이 추우니 봄이 되면 여로에 올라라.」

"크흥-."

나는 괜히 코를 마시고 서찰을 접어서 소매에 넣은 뒤에 술을 마셨다.

식도를 타고 넘어가는 죽엽청이 뜨거웠다.

"네 아비가 뭐라느냐."

"봄에 돌아오라 하십니다. 춥다고."

"느긋하게 쉬다 가거라. 이번 일로 사진이와 사운이도 예정보다 일찍 복귀할 거다. 얼굴을 보고 갈 수 있을 게야."

"그러겠습니다."

그렇게 나는 올겨울을 팽가장에서 보내게 되었다.

그날엔 괜히 마음이 싱숭생숭해서 하루 종일 장원 이곳저곳을 서성거렸다.

내가 겨우내 머문다고 하자 의외로 가장 좋아한 것은 삼군이였다.

"봄이 올 때까지 계시는 겁니까?"

"그래. 그렇게 됐다."

"대협, 그러면 저 무공 좀 가르쳐 주십쇼."

"뭐?"

"허공섭물을 할 줄 아는 무인이 몇이나 있겠습니까. 대협께 무공을 배울 수 있으면 그것 자체로 제게는 기연입니다."

"그게 어떻게 허공섭물이냐, 흉내나 낸 거지."

"보통은 그것도 못 하고 죽는다고 압니다."

얘가 몇 살인고, 하니.

열넷이었다.

'거, 사람 더 쉽게 죽이는 법 배워서 어디에 쓰겠다고 이 새파란 놈이…….'

생각하고 보니 내가 저 나이 때 딱 저랬다.

아버지도 나와 같은 마음이셨을까.

어쩔 수 없이 삼군이의 근골을 좀 살폈다.

전체적으로 단단한 체형을 타고나긴 했으나, 납치되기 전에는 거지였고, 납치된 후에는 챙겨 먹질 못했으니 말랐다.

손목을 잡고 혈도를 살피자 좁쌀처럼 자리 잡은 단전이 느껴졌다.

"너는 이미 내공을 익혀서, 내가 익힌 심법을 배울 수는 없다. 나도 아직 대성을 못 했기도 하고."

시무룩해진 삼군이를 두고 나는 화명을 불렀다. 화명은 근래엔 몇 걸음 떨어져서 그림자처럼 나를 수행하고 있었다.

"화명, 얘 심법 네가 가르쳤나?"

"맞습니다."

"꽤 쓸 만하던데. 이름이 뭐야?"

"화화장(花華掌)이라 합니다. 내가중수법(內家重手法)이 기초라 외공이 받쳐주기만 하면 가볍게 손을 대는 것만으로도 천 근의 위력을 낸다는 장법입니다."

"하여간……."

살수라는 새끼들이 별 이상한 무공을 어쩌고 욕할 뻔했는데.

말을 삼켰다.

화명은 이제 살수가 아니니 말이다.

"삼군아, 네가 무공을 배운다면 저놈한테 배워야 한다. 마음이 편치는 않겠지만 네가 정말로 원한다면 그래야만 해."

"예."

"괜찮겠느냐?"

삼군이는 길게 고민하지 않고 화명을 보며 말했다.

"사 교관님."

"……."

"아니다. 화명 어르신."

화명이 내 눈치를 보기에 고개를 끄덕여 줬다.

"그래."

"부탁드려도 되겠습니까?"

"네가 괜찮다면, 떠나기 전까지 홀로 수련할 수 있도록 만들어보마."

이틀 뒤, 무림맹 하북지부.

나는 백리연과의 비무에 삼군이와 화명을 참관인으로

초빙했다. 백리연은 검대 부대주와 팽진후를 데리고 왔다.

"오랜만에 뵙습니다, 공자님."

부대주가 인사하기에 반갑게 받아주며 이름을 물었다. 백리연이 아끼는 사람인 것 같았기 때문이다.

"저는 장성호(張盛護)라 합니다."

"이름 좋소. 진작 물어봤어야 했는데 실례했군."

"아닙니다, 하하……."

처음 봤을 때 화명이 놈 살려내라고 호통을 쳤던 터라 마냥 친근하게 굴진 못했다.

제 마음이 풀리면 좀 친해지겠지.

팽진후도 백리연을 졸졸 따라다니는 모양인데 팽가에서 잘 어울리질 못하니 다른 자리를 찾은 듯했다.

각설하고, 나는 백리연과 비무대 위에 마주 섰다.

백리연이 검을 뽑으며 물었다.

"몸은 좀 괜찮으십니까?"

"다 나았다, 너는?"

"저는 다치지도 않았습니다, 하하."

"허접한 놈을 만난 거지."

되지도 않는 기 싸움을 좀 하고 가볍게 턱짓했다.

준비되었다는 신호다.

백리연은 그와 동시에 자기 검법의 기수식을 펼치고, 내게 덤벼들었다.

타타탕-! 캉-!

나는 성한심결을 일으키지 않고, 단조롭게 백리연의 검을 쳐내는 데 집중했다.

이것은 승패를 가리기 위한 비무가 아니라, 백리연이 뭐 하나라도 배워가라고 해주는 지도 대련이기 때문이다.

그렇다고 어물거릴 생각은 없었다.

"연아, 더 파고들어라. 창을 상대하면서 창대를 겁내면 안 된다."

"아직 시작도 안 했습니다."

수 차례 더 합을 나누고 보니.

주변 공기가 미지근하게 달아오르고 있었다.

백리연의 검풍에서 나온 열기였다.

"백리세가 검법이 염계였군."

내가 말하자 백리연은 신난 듯 웃으며 짧게 숨을 들이마셨다.

"흡-!"

간격은, 조금 멀다.

창과 검의 싸움에서 창이 유리한 건 압도적인 간격을 점하기 때문인데 백리연은 개의치 않는 듯했다.

분주히 날아오던 검격이 찰나에 멎고.

백리연은 검을 회수하여 허리춤으로 가져갔다.

'발검식(拔劍式)!'

일전엔 이런 수를 쓸 시간을 주지 않고 내가 몰아쳤던 터라, 보지 못했다.

눈을 한 번 깜빡일 시간에 절기라고도 볼 수 있는 백리연의 강공이 짓쳐 들었다.

뻗어 나오는 검은 지금까지보다 간격이 길어진 듯 보였고, 주홍색으로 물들어 있었다.

전장에 패도적인 무공을 쓰는 장수들은 많지만, 이렇듯 오행(五行)이 강조되는 무공을 쓰는 자는 드물다.

익히려면 조건에 맞는 영약을 장기간 먹어 내력을 늘리는 게 필수적이기 때문이다.

백도의 후계자와 제대로 된 비무를 하고 있으니, 간만에 나도 신이 나서 흥을 올렸다.

'좋다!'

찰나에 반응하여.

쿠웅-

진각을 밟고 성한심결을 일으켰다.

이미 검로를 읽었으니 원래 같았으면 보법으로 피했을 공격이다.

이번엔 그럴 생각이 들지 않아서 발검을 정면으로 받아쳤다.

콰아앙!

창과 검이 충돌하기보다 먼저 내력이 충돌하여 북 터지

는 소리가 일었다.

나는 몸에도 무게를 더한 상태라 괜찮았지만, 백리연은 자신의 발검이 이렇게 막힐 줄은 예상하지 못했는지 멀찍이 날아가서 비무대를 데굴데굴 굴렀다.

기침하며 입가를 닦은 녀석이 일어서서 중얼거렸다.

"하하. 참, 나 이거."

좀 허탈한 모양.

"팽사운과 비무할 때도 이 기술을 썼나?"

"썼지요."

"걘 어떻게 막았어?"

"형님이랑 똑같이 받아쳤는데, 그때는 사운 형도 저도 멀찍이 밀려나서 잠시 숨을 골랐습니다."

팽사운이 나처럼 검로를 읽었는지 못 읽었는지는 몰랐으나, 놈은 성격상 읽었든 못 읽었든 대놓고 받아냈을 것이다.

"무식한 놈, 여전한가 보네."

"예?"

"사운이 말이야."

백리연이 심호흡하고 말했다.

"……후, 하아. 준비됐습니다."

"내가 계속 창으로 하는 게 너한텐 도움이 안 될 거 같은데."

"그렇네요."

그래, 인정할 건 인정해야지.

본래 창은 상성상, 하수가 잡아도 한 수 위인 검객과 맞붙을 수 있는 병장기다.

나는 아직 땀 한 방울 흘리지 않았지만 백리연은 이미 머리칼이 이마와 뺨에 들러붙고 있었다.

"진후야, 검 줘봐."

내가 말하자 팽진후는 어버버하더니 허리춤에 있던 검을 끌러서 던져주었다.

창은 화명에게 맡기고 나는 성한심결을 제대로 일으켜서 비무대 위에 회오리를 만들었다.

"연아, 죽일 생각으로 해야 겨우 닿을 거다. 살초를 써도 된다."

"알겠습니다."

백리연이 검을 중단세로 들고, 내력을 극성으로 일으키자 검이 주홍색으로 물들었다가 이내 붉게 달아올랐다.

그리고.

화르르륵-

불길이 일어났다.

삼매진화와는 궤가 다른 화염이다.

"와."

"대단하군, 저 나이에."

"대주님, 한 방 먹이십쇼!"

비무대 아래서 백리연을 격려하는 목소리가 들렸다. 원래 싸움 구경은 약자를 응원하게 되는 법이다.

"검법 이름이 뭐냐, 연아."

"주천십이검(朱天十二劍)이라 합니다."

"오늘 열두 개 다 봐야겠다. 덤벼."

백리연이 불타는 검을 우상단으로 높이 들어 올리며, 다시 달려들었다.

반 시진 뒤.

나는 백리연의 바닥을 긁어낼 생각으로 강공에는 강공으로, 쾌검에는 쾌검으로 응수하며 싸움을 질질 끌었다.

성한심결의 바람과 주천십이검의 불길이 맞닿을 때마다 열풍이 비무대를 휩쓸었다.

어느새 참관인들은 각자 호신기를 일으켰고.

화명은 장막을 펼쳐 삼균이를 보호하고 있었다.

"지쳤나?"

"아직."

말이 짧아진 걸 보니 지쳤다.

싸우는 동안 팽진후가 건네준 검은 날이 다 빠져 버렸다.

이건 내가 내력을 제대로 운용하지 못했기보다는, 백리연의 검이 보검에 가까운 것이라 그렇다.

이미 여러 차례 보았던 강공이 다시 날아들었을 때.

이번엔 정면에서 받지 않고 종이 한 장 차이로 피한 뒤에 백리연의 어깨에 찌르기를 날렸다.

"……!"

녀석은 적절하게 반응하여 몸을 물렸으나 나는 검을 뻗던 자세 그대로 손에서 검을 놓아버렸다.

"뭣-."

얘는 지난번에도 내가 검을 던지는 걸 봐놓고 배운 게 없다.

무림인들에게 병장기는 목숨과도 같아서 절대로 손에서 놓지 않는다고 하지만, 전장에서 병장기는 소모품일 뿐이다.

이것도 훌륭한 심리전의 일환이다.

녀석이 당황해서 보법을 밟으며 더 멀리 물러서려 했으나 나는 그럴 틈을 주지 않고 오른 발등을 밟아버렸다.

"큭!"

내 왼편에서, 회수되어 돌아와 어깨를 노리는 검파를 우장으로 막고, 금나수로 전환하여 손목을 틀어쥐었다.

검이 땅으로 떨어지는 동시에 내 좌장은 백리연의 명치 앞에서 멈췄다.

"졌나?"

"졌습니다……."

엉덩방아 찧으면서 백리연이 말했다.

나는 머릿속이 복잡할 녀석을 내버려 두고 삼군이에게 물었다.

"삼군아, 봤냐."

삼군이는 벙쪄서 내게 반문했다.

"뭘요?"

"마지막 수."

"안 보였는데요."

"알고 물었다. 이게 보였으면 네가 천재지."

내 말에 화명이 실실 웃고, 부대주 장성호는 급히 뛰어올라와서 백리연을 부축했다.

겨우내, 나는 그렇게 백리연과 비무를 하고, 매일 운기조식을 빼먹지 않고.

잘 먹고, 잘 자고, 잘 싸며 시간을 보냈다.

여유로운 생활이 낯설어서 때로 이게 맞나 싶었지만 전장에서 보낸 생활이 특이했던 거라 되새겼다.

수년을 전장에서 보내고, 전장을 나오면서도 살수에게 쫓기며 쉬지를 못한 터라.

이 휴식이 내게는 가뭄의 단비 같았다.

편안한 마음으로 운기조식에 임하니 간만에 차근차근

내공을 쌓는 감각을 느꼈다.

그사이 혈화곡의 아이들은 건강을 되찾았고.

의당도 바쁜 시기를 잘 흘려보냈다.

고독을 억제하는 약도 한 달 정도 만에 의선이 만들어냈다.

이전보다 독기는 적고, 효과는 뛰어난 물건이라 나는 그제야 마지막 가시 하나를 손가락에서 뽑은 기분이었다.

삼군이는 매일같이 화명에게 무공을 배웠으며 어느 날부터는 화명을 교관이 아니라 사부라고 부르게 되었다.

저들 둘이 무슨 대화를 나누었을지는.

알게 뭐람.

잘 풀렸으니 됐다.

다른 아이들도 화명에게 조금씩 마음을 풀어서, 어느 날은 화명이 새삼스럽게 내게 술을 한 잔 같이하길 청했다.

삼촌뻘인 아저씨가 질질 짜는 걸 보는 게 여간 고역이 아니었다.

이해해 주었다.

그리고 언젠가부터 눈이 녹고, 땅에서 새싹이 자라기 시작하니.

봄이었다.

"선배님."

나는 오늘도 놀러 온 괴각개에게 말했다.

“냄새납니다. 가까이 붙지 마세요.”

“허허, 이놈 새끼 말본새 보게.”

괴각개는 하릴없이 심심한 노인네라.

시도 때도 없이 찾아와서 나와 백리연의 비무를 구경하고, 훈수를 놓고, 술도 몇 번 같이 마시면서 친해졌다.

“내가 그래도 이 녀석아, 어디 가면 명성으로 밀릴 게 없는 사람인데 이렇게 대해서야 쓰겠나?”

“좋아하시지 않았습니까? 편하게 대해주는 사람이 잘 없다고.”

“끄응-. 그건 그렇다만.”

“저랑 비무라도 한번 해달라니까 왜 안 해주십니까?”

“내가 이 나이 먹고 젊은 놈이랑 푸닥거릴 해야겠느냐? 버릇없는 놈 쯧-.”

팽가의 연무장에서 평소처럼 투덕거리고 있는데, 시비 하나가 종종걸음으로 와서 말을 전했다.

“괴각개 어르신, 모용 공자님. 무림맹 본단에 갔던 대공자와 이공자가 돌아왔습니다. 사천당가도 함께입니다.”

드디어 기다리던 날이 왔다.

15장
누군가의 겨울

겨울은 누구에게나 춥고, 외로운 계절이라곤 하나.

젊은 환관에게 이번 겨울은 특히나 견디기가 어려운 나날이었다.

교단으로부터 혈화곡이 멸문했다는 소식이 전해지고 열흘이 지나도록 조충헌을 보지 못했기 때문이다.

열흘 동안 악몽에 시달리며 젊은 환관은 주변 정리를 시작했다.

황실에 몸담은 몇 년간 모은 재산을 처분하여 고향에 보내고, 친우들을 만나 술잔을 기울였으며, 때로는 홀로 명상에 빠져들었다.

그러던 중에 조충헌의 호출이 떨어졌다.

"태감."

"내가 신경 쓸 일이 없게 하겠다고 하지 않았느냐?"

"죄송합니다."

"자중하라는 명이다. 당분간은 강호와 교류를 끊고 이곳에 틀어박혀 있어야 해. 진행하던 일들도 모두 중단이다."

"드릴 말씀이 없습니다."

"누군가는 책임을 져야겠지."

카캉-! 툭-

무릎 꿇고 바닥에 머리를 처박은 젊은 환관 앞에, 조충헌이 비수 한 자루와 종이에 싸인 환단 한 알을 던졌다.

"골라라."

"……."

"내가 골라주랴?"

끄읍-

터져 나오려는 눈물을 참고, 몸을 덜덜 떨며 젊은 환관이 말했다.

"태감, 제, 제 가족만큼은 부디……."

"칼에 맞아 죽은 시체가 되겠느냐, 아니면 도박과 여색에 빠져 자결한 머저리가 되겠느냐."

젊은 환관은 천천히 손을 뻗어 환단을 집어 들었다.

"감사합니다, 태감."

"물러나라. 오늘 밤이다."

"예."

구름에 달이 가린 날이었다.

물건을 잃고도 여색을 탐하던 젊은 환관 하나가 도박 빚에 가족을 잃을 지경이 되어 자결했다.

조충헌은 젊은이의 시신을 직접 유가족에게 전달했다.

호북성 성도, 무한에 자리한 무림맹 본단.

혈화곡에 관한 보고가 올라오자마자 세가 회의는 중단되었다.

본래 수년에 한 번씩, 세가의 중진들과 후기지수들이 모여 강호 현안을논의하고 친목을 다지는 자리다.

혈교의 이름값은 그들이 가볍게 입에 담던 무림공적들의 별호와는 무게가 달랐다.

팽가의 조속한 대처로 이미 사태는 종료된 상황이었으나 도망쳤다는 석가의 식솔들을 쫓아야 했다.

맹주는 직접 키운 무림맹의 정예들을 이끌고 하북을 감싼 산서, 하남, 산동 땅에 출진했다. 각지의 무림맹 지부에서 사전에 포위망을 구축한 건 당연한 일이다.

제 이 차 섬멸전이라 부를 수 있으리라.

마침 본단에 함께였던 여러 세가의 무인들도 군말 없이 참여했다.

이렇듯 당대의 무림맹은 사마외도의 척결에 소홀한 일이 없었다.

겨울이 다 가기 전에 파악된 대상 백십이 명 중 대부분이 추살되었으나.

두 명을 놓쳤다.

석가의 대공자와 그 호위.

"대공자를 놓쳤다고?"

산서와 하북의 경계에 설치한 막사에서 무림맹주는 작전 실패를 보고받았다.

나이는 서른 후반.

흑발 사이에 희끗희끗한 새치가 섞여 들어가 있고, 왼쪽 턱에는 베인 흉터가 입술까지 올라와 있다.

"무공도 모르는 서생을 어찌 너희들이 놓친단 말이냐."

보고를 올리는 건, 무림맹 승룡대(昇龍隊) 대주였다.

"대공자의 호위가 혈비공(血匕功)을 익힌 자였습니다. 제가 감당할 수 없는 자라, 더 추격했다가는 전멸할 위기여서 물러났습니다."

뒷골이 당긴다는 듯 고개를 위로 젖힌 맹주가 한숨 쉬며 말했다.

"잘했다. 어쩔 수 없지. 죽은 대원은 있나?"

"두 명이 중상으로 치료 중이나 목숨에 지장은 없고, 나머지는 경상입니다."

"다행이구나. 가서 쉬어라, 고생했다."

"죄송합니다."

"죄송은 무슨. 가."

승룡대주가 막사를 떠나고, 맹주는 간이침상에 누워 전대 맹주를 떠올렸다.

'후환을 남겨선 안 된다고 귀가 따갑게 가르치셔서 놓고 도대체 왜…….'

아무리 생각해도 이해할 수가 없었다.

나는 누구인가.

여긴 어디고, 우리는 뭘 하고 있는 걸까.

무림맹에 갔던 공자들과 식솔들, 그리고 사천당가의 손님들까지 합세하여 연회가 열렸다.

애들끼리 놀라고 괴각개와 팽연호는 둘이 술잔을 기울이러 갔다.

식탁을 둘러싸고 팽사진, 팽사운.

당가 소가주와 당소령.

나와 백리연까지.

여섯 명이 모였다.

대청에 마련된 연회 자리에는 우리 말고도 사람이 많아

서 시끌벅적했으나.

단연 우리가 제일 시끄러웠다.

팽사운이 이 새끼 때문이다.

"그래서! 이 몸이 그 비연검이라는 놈을 끝까지 쫓아서 추살했다는 거 아니냐. 삼초지적도 되지 않았지."

얼큰하게 취한 팽사운이 내게 얼굴을 들이밀며 말했다.

"어, 그랬냐."

"하 이 새끼, 반응 재미없기는 여전하네. 야 너 군부에 있었다는 놈이 술을 이렇게 못해서 어떡해?"

지는 아까 처음 보고 울락 말락 해놓고는.

"야 너 눈 벌건데 또 우냐?"

"아니! 안 운다. 사내가 그리 쉽게 눈물을 보여서야 쓰나!"

이놈 덩치는 산만 한데 술은 제일 못한다.

"겸아, 좀 받아줘라. 반가워서 저러는데."

팽사진이 실실 웃으며 말했다.

"형, 한두 번 받아주면 버릇 나빠지는 거 아시잖아요."

십 년 만에 봐도 이 둘과는 어색함이 없었다.

팽사진은 과연 팽가의 소가주답게 기품을 지키며 술잔을 기울이고 있었다.

당가 소가주는 이 상황이 낯설면서도 재밌다는 듯 나와 팽사운이 하는 짓을 관찰했다.

이름이 당소천(唐消天)이라 했나?

나보다 세 살이 많았다.

아까 얘기를 나누면서, 말을 편하게 하기로 한 터라 나는 들러붙는 팽사운을 밀어내며 말을 돌렸다.

"당 형, 이놈 이거 주독(酒毒)을 빨리 빼내는 법은 없소? 이대로 두면 진짜 감당 안 될 것 같은데."

당소천은 웃으면서 고개를 저었다.

"하하, 술은 취하려고 마시는 건데 주독을 날리면 안 되지. 우리 집안에선 꼼수로 주독을 날리는 걸 죄악으로 친다네."

차가운 인상과는 다르게 호방한 면이 있는 사내였다.

저게 본래 성정일지, 소가주 자리에서 남들과 어울리는 걸 피할 수 없어서 만들어낸 성정일지는 아직 모를 일이다.

팽사운이 또 소리쳤다.

"그렇지! 역시 당 형이 뭘 좀 안다니까. 겸이 이 새끼는 옛날부터 고리타분한 면이……. 우웁-."

"야 이 미친……."

여섯이서 한 시진 동안 떠들며 겨우 두강주 두 동이를 비웠을 뿐인데.

팽사운이 토를 하려 해서 나는 순발력을 발휘해 놈의 배 이곳저곳을 찔렀다.

타타탁!

겨울 동안 괴각개와 팽윤에게 제대로 배운 점혈법이다.

이러려고 배운 게 아닌데 염병.

"후, 하. 큰일 날 뻔했네. 술 아깝게. 야 너 좀 친다?"

"제대로 쳐 줘?"

"내일 하자 내일……."

쿵- 소리와 함께 팽사운은 식탁에 머리를 처박고 잠들어 버렸다.

그 와중에 막내인 백리연과 술자리에 홀로 여인인 당소령은 얘기에 끼질 못해서 저들 둘이 이야기를 나누고 있었는데.

연이 놈 귀가 벌겠다.

술을 못하지 않는다는 건 아는데 하여간 뻔한 새끼…….

여러모로 어지러운 술자리다.

팽사진이 하인 둘을 불러 기절한 팽사운을 치우고 우리는 마지막 잔을 비운 뒤에 대청 밖으로 나왔다.

달이 환했다.

셋 다 눈치가 있는 사람들이라, 당소령과 백리연은 둘이 걷게 보내주었다.

"당 형, 여동생을 저런 핫병아리에게 맡겨도 되겠소?"

"알아서 하겠지. 스물이나 된 애한테 내가 간섭하는 것도 이상하지 않겠나? 평범한 여인이었다면 혼인도 했을 나이일세."

당소천은 대체로 옳은 말만 하는 사람이었다.

하기야 독문이면서 정파에 섞이려면 매사에 옳은 말만 해야 할 터.

별로 재미는 없다고 생각하는 차에…….

"우리 집안은 데릴사위를 들이는데."

갑자기 재밌는 얘기가 나왔다.

"데릴사위라?"

"백리 공자가 소령이를 마음에 들어 한다면 사천으로 와야 한단 소리지."

"쉽지 않은 집안이셨소."

"전통이네, 전통. 사천이 사실 중원에서는 좀 외곽이지 않은가? 당가타(唐家陀)가 이번에 오대세가에 이름을 올린 건 이렇게 세력을 불려왔기 때문이야."

신진 세가의 성장 비결에 나는 귀를 쫑긋 기울였다.

당소천이 굳이 이런 얘기를 해주는 건, 나도 집안을 키워야 하는 상황인 걸 알기 때문이었다.

"데릴사위를 들여서 다른 세력과 관계를 다지고, 모르던 무학과 학문을 받아들이는 거지. 그게 다 가문의 재산일세."

팽사진이 옆에서 맞장구쳤다.

"우리도 데릴사위를 들이진 않지만 비슷하게 성장해 왔지. 겸아, 너도 알잖냐. 여긴 별별 사람들이 다 머물렀다 떠나곤 한다."

신변을 보호해 주는 대신 팽가는 재산이나 능력을 받는다.

면 옛날 전대 의선이 팽가에 왔다가, 팽씨 핏줄에게 자기 의술을 가르치고 떠난 것처럼 말이다.

"제가 오늘 좋은 이야기를 많이 듣네요. 못 보고 갔으면 후회할 뻔했네."

당소천이 물었다.

"자네 계획은 있나? 한 집안을 세가로 키운다는 게 본래 하루 이틀에 되는 건 아니네."

"나름대로 생각해 둔 건 있소. 우리가 세력이 작긴 해도 내실이 없는 건 아니라, 내가 힘을 좀 보태면 처음엔 어렵지 않을 거요."

모용가는 세력을 못 키운 게 아니라 안 키운 것이기 때문에 마음만 먹으면 언제든 덩치를 불릴 상황은 된다.

적어도 내가 알기로는.

내가 가문의 창으로 두각을 드러내면 일단 요녕성의 패자가 되는 일은 어렵지 않으리라.

"기대하고 있겠네. 지금 시점이 좋아. 세가들 간에 균형이 무너지고 있어서 우리 같은 사람들이 새로 반열에 들 수 있는 거지."

이렇게 말하고 당소천은 팽사진에게 너스레를 떨었다.

"아 물론, 팽가 얘기는 아닙니다."

"하하하! 알지, 알지. 누가 감히 우리 자리를 넘보겠는가?"

상당히 오만한 발언이었으나 누구도 토 달 수 없는 내용이기도 했다.

얘기를 들어보니, 이번에 사천당가가 밀어낸 독고세가는 내부에서 권력 다툼이 일어나 자멸한 거나 다름없었다.

다른 세가들도 삼십 년 동안의 평화에 많이들 취해 있다고 했다.

걷다 보니 어느새 객원각 앞에 다다랐다.

"그럼, 내일 의당에서 보지. 준비해서 찾아가겠네."

당소천이 말했다.

"쉬시오."

팽사진과도 인사하고, 나와 당소천은 각자의 방으로 들어갔다.

이제 떠날 날이 머지않았다.

나는 명상을 하다가, 뒤늦게 올라온 취기에 의지하여 나도 모르게 잠들었다.

다음 날 의당으로 갔을 때, 이미 당소천은 아침 일찍부터 도착해서 아이들의 몸을 살피고 있었다.

팽윤도 역시 평상에 나와서 자리를 지키고 있었고.

팽가주와 두 아들도 함께였다.

왜 이렇게 많이들 나와 있는가, 하면, 당연히 사천당가의 비술이 궁금해서다.

"와서 앉게."

당소천이 삼군이를 살피다가 나를 발견하고 말했다. 나는 사람들에게 가볍게 인사하고 팽윤 옆에 자리 잡았다.

아이들을 잠시 들여보내고 당소천이 입을 열었다.

"여기 모용 공자에게 듣기로, 혈교가 고독을 이용해서 독인을 만들려고 했다더군요. 사실 이 방법은 저희 가문에서 이미 수십 년 전에 시도했다가 실패한 방식입니다."

그리고 당소천이 내력을 일으키니 그의 눈에 녹색 이채가 어렸다.

"지금부터 제가 보여 드리고 알려 드리는 건 철저히 기밀에 부쳐주십시오. 여기 계신 분들은 신뢰할 수 있는 협객들이라 판단하고 보여 드리는 겁니다."

다들 고개를 끄덕이고, 당소천이 말을 이어갔다.

"본래 저희 비술을 본 자들은 반드시 말살하는 게 당가의 규율입니다. 허나, 이번 건은 천하제일 독문을 자처하는 처지에 그냥 넘어갈 수가 없었습니다."

지금 보니 당소천도 화가 많이 난 모양이었다.

하기야 열 살도 안 된 아이들이 가슴팍에 고독을 달고 있는 걸 보았으니, 정도를 걷는 무인이라면 분노하지 않을 수 없으리라.

당소천이 오른손을 앞으로 뻗어 손바닥을 하늘로 향하

게 하고, 짧게 숨을 들이마셨다.

"흐읍-."

그의 눈에 실핏줄이 터지고.

동시에 손바닥 위에 거무튀튀한 내력의 구체가 만들어졌다.

콩알만 한 크기였으나 굳이 물어보지 않아도 극독이란 걸 알 수 있었다.

"……독단이로군."

팽연호가 중얼거렸다.

"맞습니다. 이 작은 한 알을 제가 이곳 강물에 풀면, 사흘 내에 북경의 양민 절반을 몰살할 수 있습니다."

여기저기서 침음이 들렸다.

"지금 저 아이들이 이것을 몸에 품고 있다고 보시면 됩니다. 고독에 감싸져 있어서 당장은 죽지 않을 뿐이지요. 독기가 조금씩 새어 나와서 혈도에 영향을 주고 있을 겁니다."

화명이 입술을 깨물며 한숨 쉬었다.

"안전하게 떼어낼 방법은 없습니다. 아이들도 목숨을 걸어야 하고, 떼어내는 저도 목숨을 걸어야 하지요."

짐작 가는 바가 있다는 듯, 팽윤이 말을 얹었다.

"자네가 고독의 독기를 전부 흡수하겠다는 건가?"

"맞습니다."

"죽을 걸세."

"금잠고는 독기라면 무엇이든 빨아들이려고 하고, 더 강한 독기가 있는 곳으로 향하려는 성질을 가지고 있습니다."

팽윤은 보지 않고도 독단의 독기를 느끼고 있는 듯 미간을 찌푸렸다.

"고독의 독기보다, 자네의 독기가 더 강하다?"

"예. 제가 손을 대면 고독은 아이들의 가슴팍에서 빠져나와 제게로 옮겨오겠지요."

나는 의술을 모르지만, 내가 듣기에도 미친 발상이었다.

고독이 빠져나오면서 분명 아이들의 혈도를 파괴할 것이고, 또 그 독기는 당소천 본인이 다스려야 할 터.

"당 형, 나는 당 형이 자살하라고 부탁한 게 아니오."

내 말에 당소천이 고개를 저었다.

"다른 곳이었다면 죽었겠지."

"……?"

"이곳엔 당대 의선이 계시지 않는가."

팽윤이 자리에서 일어나 당소령을 불렀다.

"소령아."

"예, 스승님."

"네 오라비도 좀 맛이 갔구나."

당소령은 스승의 말을 부정하지 않았다.

16장
천독망 당소천

"당기문의 장남, 당소천이라 했나."

팽윤이 어조를 바꾸어서 말했다.

"예, 선배님."

"별호가 무엇이냐."

"사천에서는 천독망(千毒蟒, 천 가지 독을 부리는 이무기)이라 불립니다."

"일을 마무리하고도 살아남으면 만독망(萬毒蟒)이라 불리기에 손색이 없을 것이다."

당소천이 빙그레 웃었다.

"그렇습니까?"

"내가 아무도 죽지 않게 하마. 해보거라."

"감사합니다."

생각보다 일이 커져서, 나는 바쁘게 일손을 도왔다.

당가의 비술을 시비들에게 보일 수는 없으니 안에 있는 사람들끼리 준비를 마쳐야 했고.

일할 사람은 몇 없었기 때문이다.

나와 팽사운, 당소령, 화명까지 넷이 잡다한 일을 도맡았다.

마당에서는 팽연호와 팽사진이 당소천의 혈도를 추궁과혈(推宮過穴)했다. 고독을 몸에 흡수해야 하니 그전에 최선의 몸 상태를 만들기 위함이었다.

당소령이 명상 중인 팽윤에게 말했다.

"스승님, 준비 마쳤습니다."

환자를 눕힐 침상은 마당에 준비되었다.

독기를 다루는 일이라 실내에서 진행할 수는 없었기 때문이다.

고독을 빼내고 나면, 아이들의 가슴에 구멍이 뚫리고 혈도가 크게 상할 테니 그것을 곧바로 팽윤과 당소령이 치료할 계획이었다.

당소천은 고독 하나를 흡수하면 곧장 운기조식을 해야 할 터.

하루 이틀로 될 일이 아니었고.

호법이 필요했기 때문에 나와 팽사운이 자처했다.

추궁과혈은 해가 중천에 떠서야 마무리되었다.

"시작하겠습니다."

눈을 뜬 당소천이 장포를 벗으며 말했다.

첫 번째는 물론 화명이다.

해보지도 않은 일을 아이들 먼저 시킬 순 없지 않나.

나는 웃옷을 벗고 준비하는 화명에게 말했다.

"네 번 살리게 하지 말고."

"저 질긴 거 아시지 않습니까."

"잘해."

"예."

그리고 나는 팽사운과 함께 의당 앞에 나와 호법을 섰다.

싸움 잘하는 거 말고는 쓸모가 없는 우리 둘은, 안에 있어 봐야 정신만 사납고 도움이 안 될 것 같았다.

당소천은 사천당가의 장남으로 태어나 오 세부터 독을 복용하기 시작했다.

이십 년이 지난 지금, 독을 먹는 것이 괴로웠던 나날은 언제였는지도 잊었다.

만독불침에는 이르지 못했으나 천독불침은 가볍게 뛰어

넘는 신체를 지니고 있었고, 맛을 보아서 독의 성질과 배합을 구분하는 경지에 이르렀다.

독을 다루는 자는 응당 의술에도 해박해야 하는 법.

눈을 감고 가만히 누운 화명을 앞에 두고 당소천은 먼저 독기가 없는 진기로 화명의 몸을 훑었다.

단련된 무인이라 아이들을 상대로 하는 것보다는 부담이 덜했다.

당소천이 물었다.

"고독을 먹은 지가 얼마나 되었소?"

"기억나지 않습니다. 삼십 년을 넘겼습니다."

제 주인이 예를 차리는 상대이니, 화명은 당소천에게 깍듯했다.

"혈도 곳곳이 금잠고의 독에 잠식되었소. 살아 있는 게 용하군."

"빼내실 수 있겠습니까?"

"해봐야지. 걱정하지 마시오. 죽어도 내가 죽을 테니."

"당 소협이 죽으면 제가 주인을 뵐 면목이 없으니 무리하지 마십시오."

가볍게 고개를 끄덕이고 당소천이 말했다.

"내력을 하단전에 붙잡는 거만 신경 쓰시오. 고독이 있는 중단전까지 올라오면 내상이 심해질 거요."

"알겠습니다."

당소천은 우선 오른손 검지와 중지에서 독기를 일으켜 검게 물들이고, 그것을 화명의 가슴팍에 찔러 넣었다.

극독이었으나, 마비독을 섞어서 화명에게 고통은 없었다.

금잠고의 머리 바로 윗부분이었다.

곧이어 금잠고는 새카만 눈을 움찔움찔 굴리더니 당소천의 손가락에 입을 대었다.

당소천이 숨을 들이마시고.

금잠고는 생전 맛본 적 없는 깊은 독기에 몸을 부르르 떨며 자기 몸에서도 독기를 일으켰다.

독의 질을 비교하고, 부딪쳐 보는 것이다.

뱃속이 뒤집히는데 고통은 없는 기묘한 감각 때문에, 화명은 욕지기가 일어서 이를 악다물었다.

"조금만 참으시오."

당소천도 미간을 찌푸리며 중얼거렸다.

더 길게 말할 여력은 없었다.

찌직거리는 듯한 소리가 들리더니 고독은 화명의 가슴팍 피부를 뚫고 나와 당소천의 손가락에 달려들었다.

"……!"

그와 동시에 당소천은 오른손 전체에 독기를 일으키고 손바닥으로 대가리만 반쯤 삐져나온 고독을 찍어눌렀다.

장심이 뚫리는 듯한 감각.

전완과 손목에 힘이 잔뜩 들어가서 벌벌 떨리기 시작해,

당소천은 왼손으로 제 오른팔 전완을 감싸 쥐었다.

화명이 눈을 까뒤집고 게거품을 물었다.

"선배님!"

당소천이 소리치자마자 옆에서 대기하고 있던 팽윤이 화명의 몸 곳곳에 침을 꽂아 넣었다.

눈이 먼 상태에서도 팽윤의 손놀림은 거침이 없었고, 찰나에 화명의 몸에는 서른 개의 대침이 박혔다.

당소천의 손바닥은 일순간 화명의 몸에 눌어붙은 듯이 보였다.

"크윽!"

신음과 함께, 당소천은 찢어내듯이 손을 떼어내며 몇 걸음 뒤로 물러섰다.

고독이 옮겨온 오른팔은 그가 왼손으로 감싼 아랫부분까지 시커멓게 물들어 있었다.

주저앉아 운기조식을 시작하자마자 팽연호와 팽사진이 그의 등에 손을 얹고 운기조식을 도왔다.

당소령은 팽윤의 지시를 받고 빠르게 화명의 상처 부위를 봉합한 뒤, 미리 만들어둔 탕약을 화명의 입에 부었다.

화명은 탕약을 삼키자마자 기절했다.

한 시진 뒤.

당소천이 눈을 뜨고 검붉은 피를 토했다.

"커헉, 웩-!"

눈과 코, 귀에서도 검붉은 피가 흘러나왔다.

"하, 하아. 후. 우웨엑!"

금잠고의 독기가 예상보다 더 지독했다.

그러나 소매로 제 피를 닦은 당소천은 흡족한 표정이었다.

한 마리를 흡수했을 뿐인데 하단전에 자리한 독단이 지고의 영약을 받아들인 것처럼 날뛰고 있었기 때문이다.

팽연호가 내력을 가라앉히며 물었다.

"괜찮으냐."

"예, 예. 괜찮습니다. 환자는 어떻습니까?"

"기절했는데, 목숨은 붙어 있다. 며칠은 요양해야 할 게야."

당소천은 안도하며 바닥에 드러누웠다.

"하루에 한 명은 가능할 것 같습니다."

팽연호는 그런 당소천을 바라보며, 앞으로 사천당가라는 신진 세가가 중원에 널리 이름을 떨치게 되리라 생각했다.

나와 팽사운은 밖에서 대기하며, 불안을 날리려고 잡담을 나누었다.

"야, 세가 회의는 어떠냐? 재밌어?"

내가 묻자 팽사운이 고개를 저었다.

"재수 없는 놈들 천지야. 허접한 놈들이 어깨에 힘만 잔뜩 들어가서는 쯧쯧."

"당가는 아닌 거 같던데."

"거긴 이제 막 오대세가에 발을 들였으니까. 날이 바짝 서 있지. 오만한 것도 없고."

안에서 크고 작은 소리가 들려왔으나 무시했다.

본래 호법은 내부에 어떤 상황이 있어도 바깥 경계에 집중해야 하는 법.

우리가 호들갑 떨며 들어가면 방해만 된다.

사실 나는 기감을 뻗어서 안에서 일어나는 일을 대충 들여다보고 있었다.

당소천의 기도가 일순간 크게 흔들렸으나 이내 제자리로 돌아왔다.

"당 형도 대단하네. 저 나이에 소가주면."

"넌 이번에 당가 얘기를 처음 들었나?"

"그렇지."

"원래 소문이 좀 안 좋았다. 가주 자리를 차지하려고 형제들끼리도 피를 보는 모양이야."

"뭐?"

"당 형도 이복형제들을 죽이고 저 자리에 올랐다는 거지."

그럴 사람으로 보이진 않았는데.

당소령도 멀쩡히 살아 있지 않나?

"그러면 당 소저는 뭐야."

"배다른 형제끼리 죽고 죽이는 싸움이니까 자기 친동생은 어릴 때부터 멀리 보내놓은 거지. 죽지 말라고."

"미친."

"이 강호에 사연 없는 사람이 없다. 전장도 그렇지 않나?"

"똑같지."

"그냥 다 같이 친하게 지내면 좋을 걸 뭘 그리 싸우질 못해서 안달인지……. 그나마 맹주님이 안 계셨으면 정파고 뭐고 오합지졸이었을 거다."

팽사운이 다운 발상이다.

하지만 힘 있는 자들끼리 하하 호호 잘 지내는 건 나로서는 상상할 수 없다. 그게 된다면 전쟁이 일어날 일도 없을 테니 말이다.

"맹주를 봤어?"

"봤지."

"어떠냐."

"가늠이 안 돼. 아버지보다도 윗줄이다."

"나이는?"

"서른여덟이랬나."

그 나이에 오십 대 중반인 도제보다 윗줄이라니 믿기지

가 않았다.

“한번 보고 싶네.”

“왜, 싸워보려고?”

“그렇지 않나?”

“아서라, 쪽도 못 쓴다.”

“어디 출신인데 그렇게 강해?”

팽사운의 말이 잠시 끊겼다.

“낭인이었다더라.”

“……?”

“길바닥 출신이라고.”

말도 안 되는 인간이었다.

상상이 안 돼서 머리를 벅벅 긁는데 안에서 들려오던 소리가 멎었다.

“끝났나 보다.”

사실 나는 강호에 들어오고 나서.

혈화곡의 살수들과 팽가의 무인들, 무림맹의 무인들을 접하며 내 실력을 조금 과신하게 된 면이 있다.

내가 나이나 내력에 비해 잘 싸우는 편이란 건 이전부터 인지하고 있었으나.

혈화곡주를 죽이고 그 수족이었던 환소옹까지 손쉽게 잡아낸 후에는 어쩌면 적수가 몇 없지 않을까, 생각했다.

그리고 그 생각은.

바닥에 앉아 운기조식을 하고 있는 당소천을 보자마자 싹 달아났다.

어젯밤 보았던 사내와는 전혀 다른 사람이 있었기 때문이다.

겨우 고독 한 마리를 흡수했을 뿐인데 벽을 몇 개나 부수고 위로 올라선 듯 보였다.

"겸아."

그새 지친 듯한 팽윤이 나를 불렀다.

"안으로 옮겨라."

"예."

나는 침상째로 화명을 건물 안으로 옮기고, 녀석의 입가에 묻은 침을 닦아주었다.

한 시진 뒤에 정신을 차린 당소천이 바닥에 드러누우며 하루에 한 마리씩을 흡수하겠다고 선언했다.

다 흡수하면 서른 마리가 넘을 텐데 그다음에 당소천은 어떤 상태일까.

지금 싸우면 이길 수 있나?

'…….'

지금은 이길 수 있다.

하지만 한 달 뒤에는 감이 오지 않았다.

이복형제와 전쟁을 치러서 소가주에 올라선 당소천의 독기도, 전장에서 육 년을 살아남은 나에게 크게 밀리지 않을 것이다.

당소천은 나처럼 지옥에서 살아남아, 반열에 올라선 사내였다.

내 또래에 적수가 있다면 저 사내일 것이다.

나는 숨을 고르고 있는 당소천의 모습을 눈에 새기고 그에게 다가갔다.

"당 형, 괜찮소?"

"괜찮네. 생각보다 쉽지 않긴 했네만."

나는 손을 뻗어서 그를 일으켜 주었다.

여전히 독기가 주변에 남아 있어 피부가 저릿저릿했다.

"모용 공자. 내가 이 일을 다 끝내고 나면 크게 사례하겠네. 자네 덕분에 기연을 얻었어."

"당 형, 편하게 하시오. 우리는 아마 강호에서 살아가는 동안 오래 보게 될 것 같소만."

당소천이 힘없이 웃었다.

내가 당소천의 기도를 읽은 것처럼, 당소천도 어제오늘 내 기도를 읽었을 것이다.

이자도 또래에 적수가 몇 없다고 여기는 사내일 텐데.

내가 본 것을 당소천도 보았을까?

"다음 시대는 우리가 끌고 가게 되겠지. 언제 죽을지 모를 목숨이었는데, 이번 일로 확신이 생겼어."

본 모양이다.

"나는 평생 살면서 친구를 만들 일이 잘 없었네."

"방금 막 당가 이야기를 들은 참이오."

"거부감이 들지 않던가?"

"다들 사연이 있는 법이지. 나도 군부 출신이라 하지 않았소."

당소천은 알 만하다는 듯 고개를 끄덕였다.

"편하게 하지. 그냥 겸이라 불러도 되겠는가?"

"마음대로."

"그래, 겸아."

"당 형."

"나 좀 쉬자. 뒤질 거 같다."

마음이 죽어 있는 사내는 아니다.

"고생했어."

화명은 이틀 뒤에 정신을 차렸다.

그 뒤로 하루에 한 명씩 당소천은 아이들에게서 고독을 흡수했다.

며칠을 그렇게 하다 보니 또 깨달음이 있었던 모양이다. 일주일이 지나고는 하루에 두 명으로 늘었다.

"네 수하가 달고 있던 고독은 오래 묵은 거라 더 독했던 모양이야. 애들 건 할 만하네."

당소천의 말이었다.

그렇게 보름 뒤에 아이들 모두 몸에서 고독이 제거되었다.

당가는 당소천이 몸을 추스를 시간이 필요하여 칠 주야 정도를 더 머물다가 떠난다고 했다.

나도 그에 맞추어 함께 출발하기로 했다.

"겸 형."

나는 지난 보름 동안 매일 의당에서 호법을 섰고.

그사이에 백리연은 무림맹의 일과 더불어 팽가에 불미스러운 일이 생기지 않게 하려고 외부의 일을 도맡았다.

의당에 팽가의 가장 강한 전력이 다 모여 있었으니 말이다.

실로 오랜만에 나는 백리연과 함께 비무대에 섰다.

녀석은 겨우내 내게 처맞으면서 점점 말이 짧아져서 이제는 내게 반말을 했다.

내가 당소천과 하루아침에 말을 놓은 것과는 다르게 시간이 좀 걸리긴 했다.

백리연은 더 딱딱한 분위기에서 자란 사람이라 그렇다.

"보름 못 봤는데 한 세월 지난 것 같네. 그사이에 좀 늘었나?"

"절기 하나를 새로 만들었는데 좀 봐줘."

"사운이한테 써먹으려고?"

"지금 싸우면 이길 수 있을까?"

나는 내가 읽은 팽사운의 기도를 떠올렸다.

"할 만할 거 같은데."

백리연은 고개를 끄덕이고 기수식을 취했다.

이제는 너무 많이 봐서 질린다.

"그거 하지 말랬지."

내가 기수식을 취하는 것은 성한심결을 더 자연스럽게 운용하기 위함이지만 저건 그냥 헛짓거리다.

"습관이라니까."

"실전에서는 안 하지?"

"상대 봐서."

나는 얼마 전부터 창을 들고 비무에 임하고 있다.

백리연도 재능이 넘치는 놈이라, 하루가 다르게 실력이 늘어 검으로는 쉽게 상대할 수 없게 되었기 때문이다.

내가 고개를 끄덕이자 녀석이 내력을 일으키고 검을 정수리 위로 치켜들었다.

화르르륵-!

이전보다 거센 불길이, 회오리처럼 검에 휩싸였다. 불길은 사방팔방으로 날뛰던 이전과는 다르게 안정적으로 검 주변에 맴돌았다.

"이 새끼 보게."

"어때?"

"나 따라 한 거냐?"

"좋은 건 배워야지."

받아보지 않아도 막아내기가 쉽지 않은 절기라는 건 알 수 있었다.

하여 나도 성한심결을 극성으로 일으켰다.

백리연과 비무를 시작한 이래 처음이다.

"그 정도면 사운이를 이길 수 있을 거다."

마지막 비무가 될 것이라, 우리는 이날 오랫동안 비무대에 머물렀다.

17장
귀향

떠나는 날 아침.

나는 일찍부터 준비를 마치고 적로와 팽가장을 한 바퀴 돌았다.

한동안은 돌아올 일이 없을 테니 정겨운 동네를 눈에 담아둘 생각이었다.

나를 알아본 팽가의 식솔들과 작별 인사를 나누고 정문으로 나가니 사천당가의 무인들이 먼저 모여 있었다.

쉰 명 가까이 되는 행렬이다.

선물받은 물건들을 분주히 마차에 싣고, 병장기를 확인하는 중.

다들 표정이 밝고 열심인 게, 녹색 비단에 펄럭이는 당(唐) 자가 무척 자랑스러운 모양이었다.

언젠가는 나도 모용(慕容)의 행렬을 저렇게 끌고 다녀야 하리라.

화명도 팽가에서 내어준 말을 타고 내 뒤를 따르고 있었다.

"삼군이는 쓸 만해졌나?"

내가 물으니 화명이 고개를 끄덕였다.

"이젠 충분히 혼자서도 수련할 수 있습니다. 주화입마에 빠질 만한 구간도 숙지시켰고, 오성이 좋아서 웬만해서는 문제가 없을 겁니다."

"어때, 교관이 아니라 사부로 가르쳐보니까."

"……조금 아쉽긴 합니다. 더 가르칠 수 있으면 저도 발전이 있을 것 같습니다."

내가 굳이 물어본 것은, 어젯밤 삼군이가 내 방으로 찾아왔었기 때문이다.

함께 요녕으로 가고 싶다고 말이다.

'이곳에서 두각을 드러내면 팽가의 무인으로 살아갈 수 있을 텐데 왜?'

녀석의 마음을 알고도 물었다.

'대협께서는 가문을 세가로 일으키려고 하신다지 않았습니까?'

'맞다.'

'이미 자리 잡은 세가보다, 앞으로 더 커질 세가에 초창기부터 힘을 보태는 게 더 큰 대접을 받지 않을까요?'

당돌한 놈이, 내가 감상적인 답을 바라지 않는다는 걸 이미 알고 있었다.

'할 수 있겠나?'

'기회만 주신다면 할 수 있습니다.'

'내일 짐 싸서 나와라. 의선 어르신이랑, 당 소저에게도 말하고.'

'감사합니다, 대협.'

'이제부터는 공자라 불러라.'

'예, 공자님.'

그렇게 신이 나서 돌아갔던 삼군이가 짐을 바리바리 싸 들고 정문으로 뛰어오고 있었다.

그걸 본 화명의 눈이 둥그레졌다.

"데려가기로 했다. 잘 가르쳐 봐."

화명이 멋쩍게 웃고 답했다.

"감사합니다."

반 시진 뒤, 모두가 준비를 마치고 정문 앞에 모였다.

떠나는 이들을 배웅하는 팽가의 식솔들도 마찬가지.

팽연호와 두 아들들, 백리연, 의당의 식구들과 아이들까지 모이자 사람이 바글바글해서 정신이 없었다.

나는 아이들과 하나씩 인사를 나누고 팽윤을 마주했다.

"어르신."

"겸아, 내가 얘기해 주었던 걸 잊지 말아라. 심마를 항상 경계해야 한다."

"명심하겠습니다. 감사합니다."

당가와 함께 떠나지 않고 남는 당소령과도 인사했다.

"당 소저, 고마웠소. 나중에 내가 당가에 찾아갈 테니 그때 봅시다."

당소령이 의아하다는 듯이 말했다.

"저는 그때도 아마 여기 있을 텐데요?"

아차 싶었으나 그냥 얘기해 주었다.

"아직 듣지 못했나 보군. 당 형이 조만간 집안의 잡음을 다 정리하고 당 소저를 다시 부를 것이오."

"정말입니까?"

"내가 똑똑히 들었소. 모른 척해주시오. 내색하는 사람이 아닌 것 같으니."

당소령은 열두 살에 도망치듯이 사천을 빠져나와 팽가로 왔다고 했다. 벌써 팔 년을 집에 돌아가지 못했으니 고향이 어지간히 그리울 터.

당소령의 눈이 잠시 떨렸다.

"알겠습니다. 감사합니다."

다음은 팽씨 부자들과 백리연이었다.

팽사운은 나와 붙어보지 못한 게 못내 아쉬운 듯했다. 그러나 티를 내지는 않았다.

"다음에 보자."

"하북신룡."

"뭐 새끼야."

"다음에 볼 땐 신룡 딱지는 떼라."

"지랄은."

머저리들처럼 웃다가 팽연호와 팽사진의 눈치를 보고 입을 닫았다.

공식적인 자리라 가주와 소가주는 얼굴이 좀 딱딱했다.

"겸아, 네 형들한테 안부 전해줘라."

팽사진은 사실 나보다는 내 형들과 더 친하다. 나이 차이가 있으니 말이다.

"예, 형. 다음엔 함께 오겠습니다."

"오지 말라 해. 나도 바쁘고 걔네도 바쁘다. 다들 나이를 먹었으니 예전처럼 자주 볼 수는 없지."

옳으신 말씀.

팽연호는 굳이 긴 말을 하지 않았다.

"사고 치지 말고 당분간은 집에서 효도나 해라. 알겠느냐?"

그건 좀 힘들 것 같지만 눈치 있게 답했다.

"예, 백부님. 건강하시고요."

"내 나이에 나보다 건강하기도 힘들어."

이래저래 인사하다 보니 이것도 한 세월이었다.

사람이 너무 많아서 그렇다.

백리연과는 전날에 길게 얘기를 나누어서 서로 고개만 끄덕이고 잘 가라 말한 뒤에 전음을 보냈다.

-사운이 이겨라.

-당연하지.

모이는 데 반 시진, 인사에 또 반 시진이 걸렸다.

당가 쪽은 사람이 많았으니 말이다.

나와 화명, 삼군이가 먼저 나오고 사천당가가 뒤따랐다.

갈림길로 들어서기 전, 나는 당소천과 나란히 가며 이야기를 나누었다.

"당 형, 얼굴이 좋아."

당소천은 한동안 두문불출하며 제 방에서 나오질 않아서 한두 번 빼고는 잘 보질 못했다.

며칠 새에 혈색이 완전히 달라져 있었다.

창백했던 얼굴에 생기가 돈다.

"그런가? 내 주변에 독기가 느껴지거나 그러진 않지?"

"전혀."

"그저께까지만 해도 날숨에 독 기운이 섞여서 한참 고생했다."

"그게 독인이 된 거 아닌가?"

"멀었다. 말이 독인이지, 도검불침(刀劍不侵)이나 같은 경지라 사실 불가능하다고 봐야 해."

"지금 사천으로 돌아가면 적수가 있어?"

"가주님 빼면 뭐, 없다고 봐야지."

"너무 잔인하게 굴진 말고."

당소천이 한 박자 늦게 답했다.

"사람들 하는 거 봐서."

입가엔 미소를 머금고 있었는데 좀 소름이 끼쳤다.

"겸아."

"어."

"난 다음 대 가주가 되어서 내 가문의 혈사를 끊을 거다. 지금의 당가는 너무 폐쇄적이야. 그래서 데릴사위를 들이고 후계자를 마구잡이로 늘리니까 이 모양이지."

질렸다는 듯한 말투였다.

"외부인을 들이고 놓아주지 않는 관습을 타파하고, 데릴사위제도 없앨 거다. 뭐 얼마나 갈지는 모르겠다만. 적어도 내가 살아 있는 동안엔 그럴 거야."

"좋네."

"넌 네 가문을 어찌하고 싶냐. 방향이 확실해야 뭐라도 할 수 있다."

"당 형, 잘 모르겠지만 내 고향은 사천보다도 더 변방이야. 그 흔한 개방 분타도 없고, 무림맹 지부도 내가 알기로 구실뿐이지 제대로 뭘 하진 않아."

의외라는 듯 당소천이 물었다.

"아직도 그런 곳이 있었나?"

"한족(漢族)이 드물어서 사실 황실도 별 관심을 두지 않는데, 우리 가문만 내력이 특수해서 감시 대상이었지."

"개판이겠는데."

당소천이 정확히 꿰뚫어 보았다.

맹과 관의 힘이 잘 미치지 않으니 요녕에는 흑도 세력이 많고 따라서 치안도 좋지 않다.

우리 가문은 그 틈바구니에서 돈놀이하며 흑도들을 조련하고, 교역로를 틀어쥐어 외력에 의존하며 살아왔다.

그러나 이제는 그럴 필요가 없다.

내가 가문의 창이 될 테니 말이다.

"힘을 키우기엔 황실이 부담스럽고, 그래서 질 나쁜 흑도나 외지인들을 몰아낼 수는 없는 게 문제였지."

"할 일이 많겠어."

"하나하나 흡수하거나, 쓸어버려야지. 그게 내 방향이야."

얘기하다 보니 어느새 갈림길에 도달했다.

마지막으로 당소천이 말했다.

"모용세가가 세가 회의에 참여하는 날을 기대하고 있지. 다다음 번이면 되나?"

그렇게 오래 걸려선 곤란하다.

그거 말고도 할 일이 있기 때문이다.

조충헌이를 끌어내려야 하지 않나.

"다음번에 보자고."

"좋지. 알았다."

우리는 길게 끌지 않고 각자 고향으로 향했다.

"삼군아."

"예, 공자님."

"쫄지 말고 그냥 타라니까."

"그, 그게……."

원행이라 빠르게 말을 몰아야 하는데 삼군이는 말을 탈 줄 몰랐다.

우리는 공터에 잠시 멈춰 서서 삼군이에게 말 타는 법을 가르치고 있었다.

적로가 푸륵거리며 잔뜩 움츠린 삼군이를 놀렸다.

"말의 움직임에 박자를 맞춰서 너도 같이 흔들리면 된다. 허벅지에 힘 꽉 주고. 고삐 잘 잡고. 어렵나?"

"……."

어려운 모양이다.

"난 그냥 이렇게 배웠는데."

원래 이런 건 몸으로 부딪쳐 가며 배워야 하는 법이다.

이론?

그런 건 실전에는 별로 쓸모가 없다.

몸이 기억하면 그만이다.

나는 잔뜩 긴장한 녀석의 뒷덜미를 창대로 들어서 적로에 앉혔다.

"공자님, 공자님 잠시만……!"

잠시만은 무슨.

"적로야, 달려라."

적로는 기분 좋게 투레질하고 공터를 크게 돌며 질주했다.

"우와악! 야, 멈춰! 아아악- 공자님!"

저렇게 열 바퀴쯤 돌면 평범한 말은 그냥 타겠지.

화명이 옆에서 실실 웃으며 소리쳤다.

"삼군아! 엎드려서 버텨라!"

그러자 삼군이가 적로의 등에 도마뱀처럼 달라붙어서 비명을 이어갔다.

일각 정도 그렇게 놀고 있는데 등 뒤에서 갑자기 만만치 않은 무인이 달려오고 있는 게 느껴졌다.

내가 웃음을 멈추고 뒤돌아보자 화명이 물었다.

"왜 그러십니까?"

"뭐 온다."

파바박-!

수풀 사이에서 튀어나온 건 잔뜩 화가 난 괴각개였다.

생각해 보니까 인사를 안 했다.

"이 버릇없는 놈, 떠나면 떠난다고 말을 해야지!"

괴객개는 경공을 멈추지 않고 훌쩍 뛰어올라 내 정수리로 봉을 휘둘렀다.

타앙-!

창대로 어렵지 않게 막은 뒤에 너스레를 떨었다.

"아, 하하. 선배님 제가 정신이 없어서 잊어버렸습니다. 죄송합니다."

"내가 거지라 만만하다 이거냐, 이놈 자식아!"

"그런 게 아닙니다. 진정하세요. 떠올랐으면 가다가도 되돌아와서 인사드렸을 겁니다."

"후, 이래서 이 젊은 놈들은…… 테잉."

멋쩍게 웃으며 고개를 조아리는데 웬걸.

괴각개는 봇짐을 싸 들고 있었다.

"선배님, 어디 가십니까?"

"어, 그래. 너 따라간다."

"……왜요?"

생각보다 사람이 너무 많아지는데.

"왜요? 왜요오?"

"아, 아니. 그게 아니라……."

달리 할 말이 없었다.

"진짜 왜 오시는 겁니까? 하북 총타주시잖아요."

"방주령이다, 이놈 자식아!"

딱-

괴각개가 봉을 또 휘둘러서 이번엔 그냥 맞아주었다. 원래 어르신들 회초리는 종종 맞아주는 게 이득일 때가 있다.

머리를 감싸며 아픈 척을 하자 그제야 괴각개가 진정했다.

"너 따라가서 요녕에 개방 총타를 만들라고 하셨다. 지금까지 신경을 못 썼는데 이참에 기회가 생긴 거라고."

"갑자기요?"

"갑자기는 무슨. 맹주가 네 이름을 듣고 우리 방주님께 부탁했겠지. 주시하시라…… 뭐 그렇게 말이다."

"아."

"너 때문에 나도 난데없이 터를 옮기게 생겼어! 내가 여기서 몇 년을 지냈는데."

요녕에 개방 총타가 생기는 건, 끊겨 있었던 정보망이 이어진다는 의미이니 마다할 게 없었다.

뭐라 뭐라 괴각개가 계속 투덜거리는데 그 와중에 삼군이의 비명은 끊이지 않고 있었다.

"그나저나 걔는 왜 저러고 있냐?"

"승마를 가르치고 있었습니다."

삼군이가 종종 보았던 괴각개를 알아보고 소리쳤다.

"어, 어르신 살려주세요!"

괴각개는 호쾌하게 웃음을 터뜨리더니 자리에 주저앉았다.

"잘하고 있다. 사내는 저렇게 커야지."

며칠 뒤 삼군이는 자연스레 말을 몰 수 있게 되었다.

기마병 수준은 당연히 못 돼도 관도를 타는 데는 무리가 없을 수준.

괴각개는 거지가 무슨 말이냐며 자기는 경공으로 가겠노라 아득바득 고집부렸으나 내가 이겼다.

"선배님이 경공으로 가면 저희가 어떻게 말을 탑니까?"

"아이고, 이 자식이 이런 건 또 예의를 차리네."

"제가 그래도 막돼먹게 자라진 않았습니다."

"알았다, 알았어."

결국은 말에 태우고 한마디를 얹었다.

"아 선배님, 한 가지 더."

"뭐냐?"

"저희랑 가는 동안엔 씻을 수 있을 땐 씻으셔야 합니다."

"개방도에게 냄새는 명예와도 같다, 이놈아. 이것도 수련의 일환이거늘!"

"그러면 잠시만 개방도를 관두는 걸로……."

말을 마무리하기 전에 봉법이 날아와서 나는 도망 다니며 우겼다.

결국은 이것도 내가 이겼다.

일행이 냄새가 나면 객잔 들어가기도 눈치가 보이고, 숙소도 잡기 힘든데 어떡하나?

이렇게 치고받으며 알게 된 사실 하나.

내가 괴각개보다 경공이 빨랐다.

화명과 삼군이는 내게 마냥 깍듯하기만 해서, 가는 길에 조금 재미가 없을 것 같았는데.

괴각개를 놀려먹으며 가기로 마음먹었다.

서두르지는 않아서, 우리는 스무 날 뒤에 요녕에 들어섰다.

아직도 성도인 심양까지 가려면 며칠은 더 가야 했다.

요녕성 최서단에 있는 건평현에 객잔을 잡고 쉬어가기로 했다.

괴각개가 주변을 둘러봐야겠다고 했기 때문이다.

아마도 며칠 머물면서 건평현의 거지들을 규합하고 현급 단두를 임명해 관리하에 두려고 할 터.

나도 요녕에 돌아오긴 오랜만이라 분위기를 좀 살펴봐야 했다.

건평현은 관도가 이어진 큰 도시라, 이곳의 분위기만 살펴도 요녕성이 근래에 어떤 상태인지 알아볼 수 있다.

그렇게 첫 번째로 들어간 객잔에서 식사를 마치고…….

"얼마요?"

"동전 스무 냥 되시겠습니다. 소협, 헤헤."

우리는 술 한 병에 만두 두 판을 먹고 바가지를 썼다.

점소이 관상이 사기꾼은 아니었다.

"음. 비싸네."

"근래에 물가가 많이 올라서요. 죄송합니다. 저희도 먹고살려면 어쩔 수가 없습니다."

"상행이 잘 오가지 않는가?"

"아, 아닙니다. 그게 아니라……."

화명과 삼군이는 물끄러미 나를 바라보고 있고, 괴각개는 안 봐도 뻔하다는 듯이 혀를 찼다.

"주인장 불러오게. 얘기를 좀 해야겠으니."

To Be Continued